発情Ωは運命の悪戯に気づけるか

真宮藍璃

illustration:
湖水きよ

prism bunko

CONTENTS

発情Ωは運命の悪戯に気づけるか

「……はあ、困ったな。もう来るのかなぁ、発情期」

今泉律《いまいずみりつ》は、先ほどうっかりお冷をぶちまけたために濡れてしまったワイシャツの胸元をタオルで拭いながら、ため息交じりに独りごちた。

新宿歌舞伎町にある小さなナイトクラブ「ブルーダイヤモンド」の、従業員専用化粧室。すすけた鏡に映る律の頬はほんのりと赤らんで、目も潤んでいる。

元々色白で瞳が大きく、口唇《くちびる》もふっくらとしていて、黙っていても色気があると言われたりするような容姿なのだが、これはたぶん、いや間違いなく発情の兆候だ。

律は「オメガ」性として生まれ、十九歳になったばかりだ。オメガフェロモンを発して「アルファ」性を欲情させる、オメガ独特の「発情期」が来るようになり、首にそれとわかるチョーカーをつけるようになってから、そろそろ五年が経つ。

けれどどうしてか、いまだにその周期が安定しない。今月は月初めに一度発情期が来ているのに、終わって二週間と経たずまた始まりそうなのだ。

すでにほんの少しそれらしい匂いを発してしまっているのか、ホールで接客中に不意にアルファの客に体を触られかけ、よけようとした拍子にお冷をこぼしてしまった。

恐らく明日から三日ほど欠勤することになるのだろうが、こんな調子では店をクビになってしまうかもしれない。

（抑制剤さえ飲めれば、発情したくらいで休まなくてもいいのにな）

今から一世紀ほど前のこと。

突如として全世界に、人間の生殖機能を退化させる恐ろしい病気が広がった。

人類存亡の危機が迫る中、人々は英知を結集し、やがて男女の性を超えた新しい性別である「バース性」が誕生した。

あらゆる面で能力値が高く、統率力のあるアルファ。アルファには劣るものの、丈夫な身体と温厚な気質を持つベータ。定期的な発情期があるために社会生活上の困難は多いものの、生殖能力がずば抜けて高いオメガ。

三つのバース性により、急速な人口減を克服した人類は、辛くも生き延びることができたのだ。

それから百年。今ではオメガの発情を管理するための発情抑制剤が普及していて、以前は難しかった進学や就労も十分可能になり、オメガの社会進出も進んでいる。

だが律は、体質的な理由で抑制剤を飲めないため、その恩恵にあずかることができない。発情期そのものの不安定さのせいもあって、発情が始まるたび頻繁に欠席や欠勤をせざるを得ず、とても難儀している。

一応公的な教育機関には、そういう体質のオメガのために補講などの救済措置があるが、民間のアルバイト先にまでそれを求めるのはなかなか難しい。

　企業にはオメガの社員の体調には配慮する義務があるのだが、違反しても罰則はなく、律も半ばそのせいで、高校を卒業後に入った会社を三か月ほどでクビになってしまった。

　このままではいけないと、十月入学のできる大学を探してなんとか大学生になったが、精神疾患で療養中の田舎の母親が、オメガ特有の持病の悪化で専門病院に入院したこと、律が住んでいたオメガ学生向け格安アパートが突然の火災で全焼して引っ越しを余儀なくされたことなど、年末に立て続けに起こった多額の出費のせいでアルバイトを増やさざるを得ず、通学が難しくなってしまった。

　なんとか年も越して、もうすぐ秋学期末の定期試験があるというのに、まともに講義にも出られずにいるし、現状、昼は町の小さなパン工場、夜は時給のいい歓楽街で働かなければ生活すらもできないありさまだ。

　そろそろ四月以降の学費のことも考えなくてはならないというのに……。

『……今泉君、まだっ？　少しくらい濡れてたって接客できるでしょ！』

「あっ、は、はい、ただいま！」

　廊下から聞こえてきたとげのある声に、慌てて化粧室を飛び出す。

　するとドアの目の前に店のマネージャーである三井《みつい》が立っていて、苛立たしげに律をにらみつけてきた。

「ねえ、きみさ、もしかしてまた発情しそうなの？」

「あ、はい……。どうも、そうみたいです」

「てことは、また休むんだよね？　困っちゃうなあ、週末はかき入れどきだってのに」

「すみません」

「抑制剤が飲めないって言うけどさぁ、ちゃんとお医者さんで診てもらった？　新しい薬どんどん出てるんだからさ、全然ダメってこともないんじゃないの？」

そうであるならどんなにいいだろうと、律自身もそう思うけれど、無理なものは無理なのだから仕方がない。律は申し訳ない気持ちで言った。

「本当に、ご迷惑ばかりおかけしてすみません。三日くらいで終わると思いますので」

「三日かぁ」

「おさまったらすぐにシフトに入れます。もう少し、頑張らせてください」

クビにされては困ると思い、必死に訴えると、三井が小さくため息をついた。

「いやまあ、稼がなきゃならないのは知ってるから、長く働いてほしいとは思うけどね。その調子じゃ昼のバイトとかも断られたりすることあるだろうし」

三井がそう言って、どこか意味ありげにこちらを見つめる。

「今泉君は接客も丁寧だし、何より器量よしだし？　実はきみ目当てに来てるお客様も、いなくはないんだよね。それで、ちょっと提案なんだけど」

「はい、なんでしょう？」

「いやね、ホールのボーイにしとくのもなんだかもったいないから、よかったら僕の知り合いのお店でも働いてみたらどうかなって思って」

「お知り合いのお店、ですか？」

「うん。ただまあその、ボーイじゃなくて、キャストさんとしてってことなんだけど」

「え……」

思わぬ提案に驚いて目を見開いた。

キャストさん、というのは、客のテーブルについて間近で接客業務を行うスタッフのことだ。大昔はホストだとかホステス、あるいはキャバクラ嬢などと呼ばれていたらしいが、男女の性のほかにバース性が増えてからは、性別に関係なくそう呼ばれるようになった。

しかし、オメガのキャストというのは少々独特の地位にある。接客相手はほぼアルファ、しかもより親密なサービスを提供する場合が多い。

ありていに言えば、性的な接待だ。

「あ、あのでも、自分はそういうのは」

「何も心配はいらないよ！　知り合いの店は合法なサービスしかさせないし、お客のほうもそれは心得ているから、本番ありってわけじゃないし。きみだってめんどくさい発情をお金に換えられるんだから、悪くないと思わない？」

発情したオメガとの性的な戯れを、あと腐れなく楽しみたい。

世の中には、そんなことを考えるアルファがいるらしく、夜の街にはその手のサービスを売りにする店がいくつかある。

だが、実際のところいわゆる「本番あり」の店が多いといわれていて、経営にはヤクザがかかわっているという噂だ。いくらお金を稼がなければならないとはいえ、ヤクザとかかわり合いになるなんて、絶対に避けたいと思うけれど。

（……そういうお店だったら、是が非でもアルファと触れ合うってことだよね）

見知らぬアルファに体を触らせるなんて、考えただけでぞっとするけれど、律は自分の体質ゆえに、ほんの少しだけ興味を引かれてしまう。

一般的にオメガは、アルファと触れ合って昂りを発散すれば、発情が早くおさまる。さらに進んでステディな関係になり、抱き合うことを繰り返せば、発情期の周期も安定してくるといわれているのだ。

それ自体は俗説なのかもしれないが、オメガはアルファと結婚し、首を噛まれて「番」

の関係になれば、たとえ発情してもその相手だけを欲情させるように、フェロモンの質が変化する。だったら性行為そのものにオメガの体質を変化させる効果があったとしても、不思議ではない。

律はまだ十九歳、あまり通えてはいないが一応大学生なので、まだ結婚する気などないが、発情周期が安定せず、抑制剤も飲めない体なのだから、考えようによっては好都合なアルバイトなのかも……?

(いや、駄目だ、そんなこと考えちゃ!)

高卒で入った会社で、律はオメガ差別とセクシャルハラスメントに遭った。

クビにされた理由も不当だったが、ある意味会社という場所は、社会の縮図と言っていい。オメガを取り巻く困難な現実と、これから先の社会の在り方をどう模索していくべきなのか。自分なりに学びたいという気持ちもあったから、律は再就職活動をせずに進学を目指し、都内の某大学の政治経済学部に入学したのだ。

それなのに反社会組織とかかわって体を売るなんて、自分を裏切るような行為ではないか。元々、母方の実家がある田舎で就職が決まったのを機に、子供の頃からずっと住んでいた東京を離れ、祖母が一人で暮らす実家で三人で新生活を始めるはずだったのに、大学に入るために再び上京した結果がそれでは、田舎に残してきた病気の母と、年老いた身で母の世話をしてくれている祖母に申し訳が立たない。

律は首を横に振って答えた。

「すみません、三井さん。やっぱり俺には、その手の仕事は」

「みんな最初はそう言うんだけどね、大丈夫だって！　時給もここより高いんだし。ね、連絡しとくから、今夜仕事が終わったら一緒に訪ねてみようよ。顔だけ先に見せときたいから、今泉君の顔写真、撮ってもいいよね？」

「えっ！　そ、そんな、困りますっ」

断ろうとしたけれど、三井は胸ポケットから携帯電話を取り出して、さっさとカメラを起動する。

「きみの顔、ほんとに綺麗だと思うんだよね。うちに面接に来たとき、もしかしたらモデルとかにもなれるんじゃない？　って思ったよ」

「や、ほんと、勘弁してください」

「大学、休んでるんでしょ？　いっそのこと辞めちゃって、知り合いの店でいいアルファを探しなよ。オメガの幸せっていうのはさあ、やっぱり結婚だよ？」

三井が言いながら、顔を隠そうとした律の手をつかんで引きはがす。

強引なやり方に戸惑いつつも、誘いを断ってこの店をクビにされたらという不安もあり、強く出られない。顔の目の前に携帯のレンズを向けられた、そのとき。

「……おっと、こっちじゃなかったか。ええと、どこだったかな？」

フロアに続く廊下の先から、伸びのある男の声が聞こえてきた。

三井がさっと携帯をしまい、作り笑顔をそちらに向けて慇懃に言う。

「これは、浪川《なみかわ》様。いかがされましたか？」

「何、髪を直したかっただけなんだが、迷ってしまってな」

浪川と呼ばれた男が言って、鷹揚な笑みを見せる。

彼の名は、浪川辰之《たつゆき》。最近店によく来るようになったアルファの実業家だ。この店のオーナーの知り合いで、レストランやバーなど洒落た飲食店をいくつも経営しているらしい。

大きな体躯にとても似つかわしい、ゆったりとした明るい色のスーツを着て、ブルーのシルクシャツに銀色のネクタイを締め、頭には中折れ帽子をかぶっている。

古いイタリアのギャング映画にでも出てきそうな、少々派手な服装だ。目鼻立ちのはっきりした精悍な顔つきともども、成功したアルファらしい雰囲気がにじみ出ている。

軽く小首をかしげて、浪川が三井に言う。

「こんなところで若いオメガのバイト君と二人、か。マネージャーのあんた直々に、研修でもしてたのか？」

「え、ええまあ、そんなところです。今泉君、ぼんやりしてないで浪川様を化粧室にご案内して！」

「あっ、は、はい」

言われるまま浪川の傍に行くと、浪川が軽く帽子に手を添えて言った。

「助かるよ。ああ、ところで、マネージャー？」

「はい、なんでしょうか」

「野暮なことは言いたかないが、あまり褒められたことじゃないと思うぜ、キックバック目当てに従業員を他店に引き抜くってのは」

「っ！」

「オーナーの目も節穴じゃない。ま、ほどほどにな」

浪川が言って、三井に背を向けて歩き出す。

唖然とした顔で突っ立っている三井を残して、律は慌てて浪川のあとを追った。浪川の広い背中を追い越し、ほんの少し先に立って歩き出したところで、ふと気づかされる。

(あ……、もしかして今のって、助けてくれたのかな？)

化粧室へと案内しながら、思い返す。

従業員専用化粧室は、バックヤードに続く細い廊下の途中にある。対してゲスト用の化粧室は、そこに至る通路の壁紙からして壮麗で、普通なら迷うようには思えない。

三井にチクリと釘を刺すようなことを言ったのも、けん制するためだったとか……？

「今泉、っていったか。おまえ、学生なのか？」

さりげなく訊ねられ、浪川の顔を見る。

服装が醸し出す雰囲気のせいで少しばかり威圧感があるが、その目は優しげだ。律は控えめにうなずいて答えた。

「はい。といっても、あまりちゃんと通えていないのですが」

「そうなのか？」

「いろいろと、事情がありまして」

「そうか。オメガの身で学問を志すんだ。壁にぶち当たることもあるだろうな」

言葉少なな律の答えに、浪川が思案げな顔で言う。

「金、偏見、体のあれこれ。オメガってのは難儀だよな。ときにはおかしなのが食い物にしようと近づいてきたりもするし」

おかしなの、というのは、やはり先ほどの三井のことだろうか。

探るように顔を見つめると、浪川が笑みを見せた。

「だがまあ、世の中そんなに捨てたもんでもない。八方塞がりみたいに思えても、どこか

しらに助けの手はあるもんだ。今は大変かもしれないが、腐らず励めよ」

そう言って浪川がポンと律の肩を叩き、それから軽く手を振って、ゲスト用の化粧室に続く通路へと去っていく。

彼の言葉と、肩に感じた大きな手の温かさとに、なぜだかドキドキしてしまう。

今まで、客のアルファ男性にこんなふうに話しかけられたことはなかった。そもそも住む世界が違うと思っているから、こちらから話しかけたこともない。

だが浪川とは、不思議とかまえることなく素直な気持ちで会話ができた。

彼のスマートな振る舞いにもさりげなく勇気づけてくれる言葉にも、大人の余裕と優しい気遣いが感じられたし、まるで律の生い立ちやたどってきた境遇までも察して、いたわってくれているかのようだ。

(浪川様は、とても優しい方なんだな)

そういう人がいることを、律も知っていた。

律のような人間を助けてくれる人が、本当にいること。どんな絶望的な状況に追い込まれてしまったとしても、世の中そんなに捨てたものではないこと。そしてだからこそ、律はやけになったり悲観したりせずに、真っ直ぐ生きてこられたことも。

今はとにかく懸命に働いて、お金を貯めよう。

浪川の大きな背中を見送りながら、律はそう思っていた。

その夜のこと。

「はあ、今日もつっかれたぁ」

帰宅して寝る支度をすませ、布団に横になりながら、律は小さく独りごちた。

この部屋は、前のアパートの焼失のあと急遽引っ越してきた四畳半の下宿だ。手狭な上に日当たりも悪いのに、家賃は前のところの倍近い。

築年数を考えたらここもいつ追い出されるかわからないから、また引っ越しを考えなければならないのだが、今日はもう先のことを考えるのには疲れすぎている。

「……あ、そっか。期末試験、来週の週明けからなんだ」

携帯に届いた大学の友達からのメッセージで、いつの間にかそんなにもテスト期間が近づいていたのだと気づかされる。試験を受けないと単位が取れないぞ、と心配してくれる友達がいるのはありがたいが、現状講義に通うのもままならないし、明日にも発情が来てしまうのだから、もう今期はどうしようもないだろう。

律は友達にお礼と応援のメッセージを送ってから携帯を置き、代わりに枕元に置いてある古い菓子の缶のふたを開け、中から何通かの封筒を取り出した。

『律君、体調はいかがですか。中学校にもまた通えるようになったようで、少し安心しております』

『その後、お元気ですか。高校の勉強が思いのほか楽しいとのこと、喜ばしい限りです』

『お母様はお変わりないですか。おばあ様と同居されて、身の回りのことを任せられるとのことですが、新天地での生活は何かと大変だと思います。でも律君は慌てず、新社会人として仕事に慣れていってくださいね』

美しく折り目正しい字で書かれた、律への手紙。

中学生の頃から高校を卒業してすぐまで、律が弁護士を介して「文通」していた相手からの手紙だ。

メールでもメッセージでもなく手紙での交流というのは、今どきとても古風だとは思うが、アルバイトや学校に疲れた夜、寝る前に読み返すととても心が慰められるので、田舎から再び東京に出てくるときにも持ってきたのだ。

もっとも律は、いまだに相手の本当の名前すらも知らない。差出人の名前はいつも「T」とだけ書かれている。母も祖母も、純粋に律の文通の相手としてしかその存在を知らない、謎のアルファ男性だ。

わけあって素性を明かせないらしいが、律が小学校低学年の頃に亡くなった父の知人の男性で、物心《ぶっしん》両面から律の支えになってくれた人だ。

（あの人がいなかったら、俺は高校に通うこともできなかった）

父の死因は自動車事故だ。律も母とその車に同乗していたのだが、頭を打ったせいなのか、律にはそのときの記憶はない。

けれどあとから母に聞いたところでは、その自動車事故は父が意図的に起こしたものらしい。なんでも父はヤクザに騙されて借金を作らされ、金目のものはみんな持っていかれるほどの苛烈な取り立てに遭い、追い詰められて無理心中をはかったのだという。

母も律も事故で命に別状はなかったが、母はその後心を病んで働けなくなり、持病もあって何年も入退院を繰り返していて、家はどんどん貧しくなっていった。

オメガのひとり親家庭には行政の支援があったが、それも義務教育の間だけのことだったので、律は本来なら、中学を出たら就職せざるを得ない状況だったのだが――。

『今泉律君だね。初めまして、弁護士の高木《たかぎ》といいます。目が覚めてよかった、気管支炎をこじらせて危ないところだったんだよ！』

中学二年のある日、律は気づいたら病院にいて、弁護士を名乗る高木という男性に話しかけられていた。

母が入院中で、祖母も体調が悪く田舎から来てもらうこともできなかった夏の日、律は風邪をひいて家で一人で寝ていた。支払いが滞って電気が止まっていて、猛暑の中冷房や扇風機もなく、このままだと危ないとは思っていたのだが、誰かに相談することもできず、ただ横になっていたのだ。

そこに父の知人である「T」がたまたま訪れ、朦朧とした状態の律を見つけたのだという。

律の窮状を知った「T」は高木弁護士に様々な手続きを滞りなくさせ、その後は心のこもった手紙をくれて、律の生活を支えてくれるようになった。律が高校に進学することができたのも、「T」に給付型の奨学金を装って密かに金を融通してもらえたからだ。

それなのに――――。

(クビになったなんて、言えなかったよね)

母が入院している間の心細い時間。不定期な発情のせいで学校を何日も続けて休んでいた日。

「T」に手紙を書き、そして返事をもらうと、律はずいぶんと心を慰められた。

就職が決まったときも「T」はとても喜んでくれたから、その後セクハラと差別で辞めさせられたことを打ち明けることができず、律は徐々に手紙を出さなくなってしまった。

結果、「T」とはもう半年以上、交流が途絶えてしまっている。

大学に入ったものの経済的に困窮し、満足に通えていない現状を話せば、きっと救いの手を差し伸べてくれるだろうとは思うのだが、いつまでも頼るのは気が引ける。すでに高校の学費を出してもらったのだから、それ以上を望むのは贅沢だろう。

なんとか自分の力で大学を卒業して今度こそきちんと仕事に就き、これまでの恩に報いたい。そしていつかちゃんと会って、お礼を言いたい。

そしてそれこそが、無理心中という痛ましい出来事を乗り越えて未来を切り開き、自分の人生を生きていくことにつながるのだと、律は思っている。

そのためにも、とにかく今を懸命に生きなければ。

律は手紙をしまい、もう眠ろうと部屋の明かりを消した。


それから三週間ほど経った、ある日のこと。

「律君、パン持ってく?」

夕方五時。昼のアルバイト先の「パンファクトリー・結」での仕事を終えて、更衣室で焼きたてパンの優しい匂いのする作業着を脱いでいると、工場のおかみが袋に入ったパンをくれた。

　形が悪かったりして商品にならないパンを、律はときどき分けてもらっている。今日はクラブ「ブルーダイヤモンド」のシフトも入っているので、おやつ代わりにとよこしてくれたのだ。実質夕食代わりになるので、とても助かる。

「いつもすみません、おかみさん」

「いいのよ。若い子は応援したくなっちゃうの。夜のお仕事も頑張ってね！」

「ありがとうございます。お先に失礼します！」

　礼を言って頭を下げ、更衣室を出ていく。

　チラリと袋の中を覗くと、どうやら中身は大好きなツナマヨパンとチョコパンみたいだ。休みが多い律にこんなにも親切にしてくれるなんて、本当にありがたいことだと思う。

（頑張らなくちゃ。そろそろまた、発情期が来そうだし）

　先日の発情のあと三日ほど、律はパン工場と夜のクラブのアルバイトを休んだ。

　パン工場は元々、体調が不安定なオメガの就労に理解があり、普段から人手もあったので、律が休んだ影響はそれほどなかった。

　クラブのほうはなぜか三井が辞めていて、新しいマネージャーが見つかるまで店長が兼任することになっていた。

もしかしたら浪川が話していた件でクビになったのかもしれないが、詳細は律にはわからない。思いがけず店長に体調を気遣ってもらえたりしたから、あのときのことを浪川が何か言ってくれた可能性はある。

仕事にも慣れてきたし、パン工場でもクラブでも、長く働けるといいのだけれど。

「……あれ。雨だ」

地下鉄の駅でパンを食べ、クラブのある新宿まで移動してきたら、ぽつぽつと雨が降っていた。

二月の冷たい雨だ。律は傘を持っていなかったので、駅からいつもは通らない地下道を通ってクラブの近くの出口まで行き、そこからクラブのほうへと歩き出した。

するとほんのかすかになじみのある匂いを感じたので、律はあたりを見回した。

(これ、オメガフェロモンの匂いだよね?)

昼すぎぐらいから、律はまたなんとなく発情の気配を感じていた。

この前発情で休んでからちょうど三週間で、一般的には少し早めではあるが、律にとっては長く間が空いたほうなので、そろそろ発情期が来てもおかしくはない。たぶん、この匂いの発生源は自分だろう。

といっても、周りの人が気づくほど強い匂いではないし、今日の仕事には差し支えなさそうだ。とりあえず早くクラブに行こうと、足を速める。

でも、なんだかだんだん匂いが強くなってきている気がする。自分ではまだ発情が始まった感じはしないから、もしかしたら、近くに発情中のオメガがいる……？

『放して！　もうあんなこと嫌っ！』

『嫌も何も、借金返すまでてめえは逃げられねえんだよ！』

『借金なんて！　そんなのそっちが勝手に！』

『うるせえっ、口答えするんじゃねえ！』

傍の路地から、誰かが言い争う声とともに、はっきりそれとわかる甘い香りがしてくる。

オメガの発情フェロモンの匂いだ。

でも、発情したオメガが街を歩いていたら、通りすがりのアルファに無差別に劣情を催させてしまう。誰が発情しているのか確かめた上で、警察に通報したほうがいいだろうか。

『あっ、おいっ、待てコラァ！』

ドスの利いた男の声がしたと思ったら、いきなり路地から小柄な青年が駆け出てきた。

よけきれず思い切りぶつかって、二人でアスファルトの上に倒れ込むと、むわっと発情フェロモンの匂いが広がった。

青年は、首に黒いチョーカーをしている。

これはオメガが予期せぬ場所とタイミングでの発情に備えて、アルファから首を保護するための器具で、律もつけているものだ。

青年の発情フェロモンの匂いがあたりに広がっていくにつれ、道行く人が避けて歩き始めたのがわかった。もしや、彼の予想外に発情が始まってしまったのだろうか。

けれど、よく見ると彼の服装がなんだかおかしい。この寒空に薄いピンクのネグリジェみたいなローブ一枚しか身につけておらず、足元は裸足だ。この青年はいったい……？

「っ？　律君っ？」

「……えっ、コウ君？」

ぶつかってきた青年が、以前クラブで一緒に働いていたコウという名のオメガの青年だとわかったから、驚いて目を見開いた。

こんな格好でいったい何をしているのだろう。

「おう、あんちゃん！　そいつ捕まえててくれや！」

路地から派手な金髪の男が出てきて、律に野太い声でそう命じて駆け寄ってくる。

コウがその声におののいたように身を縮めてすがりついてきたので、捕まえるというよりも守るつもりで抱きとめると、金髪の男が目の前までやってきて、威圧するようにこちらを見下ろした。

「てめえ、逃げられると思ってんのか！　オラ、観念して店に戻れや！」

「嫌！　アルファの客の相手なんてもう絶対嫌！」

「だったら今すぐ金を返しな。三百万、耳そろえてなっ」

「お金なんて知らないもん！　僕はただ、三井さんに紹介されただけで！」

「……三井さん？　て、もしかして三井マネージャーのこと？」

　思いがけず出てきた名前に驚いて訊ねると、コウが涙目でうなずいた。

「ちょっとお触りがあるけど、寮完備の時給のいい店を紹介するからって言われて。でもまさか、発情したのに抑制剤ももらえずにアルファにヤられまくるなんて、思ってもみなくて！」

「えっ……、それってもしかして、キャストさんってやつ？」

「うん。三井さん、勝手に僕のこと店に売り込んでて、知らないうちにヤクザに借金背負わされてたんだっ……」

　涙声で話すコウに、嫌な汗が出てくる。この金髪の男はヤクザで、三井は律のことも同じようにはめようとしたのだろうか。

「話をわかってもらえたかよ、あんちゃん？」

　金髪の男がにやりと笑い、律の目の前に屈んで言う。

「まあ、そういうわけだ。なぁに、こっちも素人さんに手を出す気はねえ。こいつを置いて、さっさと行きな」

「で、でも、そうしたら、コウ君は……」

「店でよぉ、アルファの上客が待ってるんだよ。こいつにはたっぷり働いてもらわねえとなあ？」

男が猫撫で声で言いながら、コウの頬をいやらしく撫でる。

やはり「本番なし」なんて嘘で、コウはアルファ相手に売春をさせられているのだ。

(ひどい……！)

発情は苦しいものだ。それなのに抑制剤を与えないばかりか、そんなことまでさせるなんて、とても見過ごすことはできない。律は思わず男の手を払いのけて言った。

「コウ君に、触らないでください！」

「あん？」

「街なかで発情しているオメガは、速やかに抑制剤の投与を受けられるよう、警察に保護してもらうべきです！」

恐怖に震えながらも、律は男を見据えてきっぱりと言った。

それは「落とし物は警察に届けましょう」という決まり文句と同じくらい、この社会の誰もが子供の頃から言い聞かされているルールだ。ヤクザ相手に正論すぎたのか、男があんぐりと口を開ける。抱きとめていた腕をほどいて、律はコウに言った。

「もう大丈夫だよ、コウ君。一緒に交番に行こう！」

「交、番……？」

「ほら、きみはこんなに発情しちゃってるし、このままじゃ危な……、て、コウ君っ？」

交番と言った途端、コウがいきなり顔色を変え、律をドンと突き飛ばして駆け出したので、驚いて目を丸くした。

一瞬事態がのみ込めず、尻もちをついたままぽかんとしていると、コウは信じられないスピードで人混みの中へ消えていき、あとには律と男だけが残されてしまった。

まさかの状況に声も出ない。チラリと顔を見たら、男が不意に噴き出した。

「ぶ、はっ、ははははっ！　こりゃいいぜ！　あのガキ、極道よりポリ公のほうが怖えってのか！　どんな後ろ暗いことがあるってんだよっ！　ははっ、あーっはははははっ！」

男が腹を抱えて豪快に笑うものだから、ますます周りから人が遠ざかっていく。やがてひとしきり笑い終えた男が、ニヤニヤと嫌な笑みを浮かべてこちらを見つめてきた。

「……さぁて。あんちゃん、これ、どうする気だ？」

「え」

「うちの大事な商品を、おまえは逃がして使えなくしちまったんだ。どう落とし前つけるんだって訊いてるんだよっ」

脅しつけるみたいな大声に、ビンと鼓膜が揺れる。

コウが騙されて体を売らされていると思ったから、とっさにああ言ったけれど、相手はヤクザだ。こんなことになってしまったら、こちらも何をされるかわからない。

今さらのようにそれに気づいて、焦りで心拍数が上がる。

「おまえ、よく見たら上玉じゃねえか」

男が律の顔や体を舐めるみたいに眺めて、ぼそりと言う。

「ちょうどいい。おまえがうちの店で働けよ。あいつの代わりによ」

「なっ？」

「うちにゃ、おまえみたいな若いオメガを可愛がりてえってアルファの客がたくさん来る。あのガキの借金、おまえが体で返すんだよ。その器量なら、あいつよりたんまり稼げるかもしれねえぞ？」

「そんなっ、俺は、そんなこと！」

「ああっ？　じゃあほかに金の当てがあるのかよ？　こちとらキャストに逃げられて、今夜だけでも大損なんだよ。てめえから首突っ込んできたんだ。誠意を見せろや！」

低い恫喝の言葉に、ますます気持ちが焦る。

誠意を見せろと言われても、まさかコウの借金を自分が体で返すなんて、そんなのできるわけがない。いったい、どうしたら――。

だんだんと雨足が強くなってくる中、懸命に頭を巡らせていると、不意に通りに黒塗りの大きな車が入ってきて、律と金髪の男のすぐ脇に停車した。

金髪の男がぎろりと車をねめつけると、後部座席の窓がスッと下がって、中から伸びやかな男の声が聞こえてきた。

「よう、坂口《さかぐち》。こんな雨の中で、何を遊んでるんだ？」

「……っ！　あんたは……」

なんとなく聞き覚えのある声に、恐る恐る車に顔を向ける。

すると運転席のドアが開いて、出てきた白手袋をした運転手が車の後ろ側へ回った。そうして手にした傘を開いて、さっと後部座席のドアを開ける。

中から出てきた人物に、律は思わず声を洩らした。

「……浪川、様？」

「なっ……？　おい、おまえ、旦那の知り合いなのかっ？」

「知り合い、といいますか……」

「ちょっとした縁があってな。彼に野暮用がある。連れていってもいいか？」

浪川が言って、律にスッと手を差し伸べる。

その仕草があまりにもさりげなくスマートだったので、思わず手を取ると、坂口と呼ばれた金髪の男が目をむいて立ち上がった。

何か言いたげに口を開いたけれど、浪川のほうは別に許可を得るつもりで訊いたのでもないらしく、律の手を引いて立ち上がらせ、そのまま車に乗せた。

続いて車に乗り込みながら、浪川が何か思い出したように、坂口のほうを振り返って訊ねる。

「そういや、郷田《ごうだ》さんは元気か？」

「……なんも、変わりねえですよ。あんたのほうがよくご存じなんじゃねえですか」

「最近あまり顔を見てないからな。おまえも羽振りがよさそうで、結構なことだ」

ふふ、と笑って、浪川が低く続ける。

「だがまあ、何事もほどほどに、な」

浪川の言葉に、坂口がなぜか険しい表情を見せる。

それはどうしてなのだろうと考えながら、律は二人の顔を順に見つめていた。

「……ああ、じゃあ今日は休みってことで。また店には寄らせてもらうよ。オーナーによろしくな」

大きな窓いっぱいに広がる東京の夜景を浪川が眺めながら、携帯電話で「ブルーダイヤモンド」の店長に律の欠勤を告げる。

そこは高級マンションの一室で、広いリビングはまるでモデルルームみたいにきらきらしている。律にとってはまるで異世界みたいな場所なので、不躾かなと思いつつも、物珍しくてきょろきょろと部屋を見回してしまう。

(こんな豪華なお部屋、初めて見た……！)

浪川の車は、まるで夜をクルーズする船みたいにゆったりと、律を通りの喧騒から連れ出した。

「ブルーダイヤモンド」まで送ってくれるのかと思ったが、浪川が今日はもう休みでいいだろうと言って、近くにオフィス代わりにしている部屋があるから寄って雨に濡れた服を乾かすといい、と連れてきてくれたのだ。

浪川が携帯をスーツの胸ポケットにしまい、隣室からタオルを持ってきて、律によこす。

「これを使え」

「恐れ入ります、浪川様」

「はは、様はやめてくれよ、店じゃあるまいし」

浪川が笑って、髪を拭う律にさりげなく訊いてくる。

「今泉——、なんといったか、訊ねたっけな？」

「あ、律です。二度も助けていただいて、ありがとうございました」

深々と頭を下げると、浪川が肩をすくめた。

「礼を言われるほどのこともないさ。若いのが危なそうなのを見ると、ほっとけない性分でね。だが、まさかあの界隈でおまえを見かけるとは思わなかったよ」

「そう、ですか？」

「あそこはサービスの面でも経営面でも、怪しい店が多い区画だ。あの坂口もヤクザの三下だしな。おまえ、なんだってあんなところにいた？」

「雨だったので、濡れたくなくていつもと違う道を通っていたんです」

「それだけでヤクザに絡まれるってことは、普通はないよな？」

浪川がいぶかしげにこちらを見つめ、探るみたいに訊いてくる。

律は思い出しながら順を追って話した。

「前に『ブルーダイヤモンド』の同僚だったオメガの知り合いと、通りで偶然会ったんです。寝間着みたいな格好で発情してて、あの坂口って人に追われていて。話を聞いたら、『ブルーダイヤモンド』の三井マネージャーに騙されて……、その、ええと……」

「あの界隈の店で、いかがわしいことをさせられてた？」

「は、はい、そうです。働かされて、いるみたいでした」

一応言葉を選んで同意する。浪川が先を促す。

「それで？　おまえはどうしたんだ？　その知り合いはどこに？」

「え、と……、発情してたし、交番に行こうと言いました。オメガがひどい目に遭わされてるなんて見過ごせないし、助けたいって思ったから。でもそうしたら、どうしてだか逃げちゃって。取り残されて驚いてたら、坂口って人におまえが代わりに働けと……」

皆まで説明する前に、浪川が首を横に振り、天を仰いだ。

「なるほどな。おまえ、それは蛮勇ってやつだぞ？」

「ばんゆう……？」

「義憤でヤクザとやり合うなんて蛮勇の極みだろ。俺が通りかからなかったら、その見た目なら本当に体を売らされていたかもしれないぜ？」

「そうかもしれないです……、けど」

「けど、なんだ」

のものも」

「俺、どうしても許せなかったんです。弱い者が騙されて食い物にされるのも、ヤクザそ

とっさに警察に保護してもらうべきだと言ったのは、もちろんコウが発情していたから

だが、蛮勇だと言われて改めて振り返るに、それだけではなかったと気づく。

そのときの記憶は定かではないものの、父がヤクザに追い詰められて無理心中をはかったという過去は、やはり律の中に深く影を落としているのだ。

確かに軽率だし、蛮勇だと言われても仕方がないが、卑劣なヤクザがどうしても許せないから、自分の身の安全もかえりみずコウを助けようとしたのだと、そう思える。そういう気持ちをなくしてしまいたくないと、無意識にそう思っているのかもしれない。

そこだけは譲れないという思いで顔を見つめると、浪川は何か言いかけたが、どうしてか口をつぐみ、かすかに眉根を寄せて目をそらした。

それからややあって、また携帯を取り出し、黙ってどこかに電話をかける。相手が出たのか、浪川が話し始める。

「遅くにすみません。……いえ、そういう話じゃないです。実は郷田さんのとこの若いのと、ちょっとありましてね」

郷田、というのは先ほど聞いた名だ。若いのというのは坂口のことか。

それだけはなんとなくわかったのだが、それ以降は、目の前で話しているのに浪川の発話内容がどこかあいまいというか、相手との間だけでわかるような符丁めいた言葉で話していて、聞いていても律にはなんだかよくわからない。

やがて浪川が、こちらを見ながら言った。

「名前は今泉律。素人のオメガの学生です。……ええ、ありがとうございます。では、今後一切手出し無用ということで」

「……っ？」

誰と話しているのかわからないが、どうやら浪川は律の窮地を救ってくれただけでなく、この先も守ってくれようとしているみたいだ。通話を切り、携帯をまた胸ポケットにしまって、浪川が告げる。

「……というわけだ。おまえは知り合いの代わりに働く必要も、金を払う義理もなくなった。ヤクザとは縁もゆかりもない、ただの素人の学生だ」

「浪川さんが、そうしてくださったんですかっ？」

「まあな。だが、いいか。こんなことはこれっきりにしろ」

浪川が不意に厳しい目をして、言い含めるみたいに続ける。

「二度とヤクザの揉め事に首を突っ込むな。おまえは学生だ。ヤクザなんかにかかわって人生の時間を一分でも無駄にするんじゃない。わかったなっ？」

「浪川、さん……」

思いがけず強い口調で諭されて、ビクッとしてしまう。

怖いというのではなく、その真摯さに驚かされた。

そしてそれは、律にとって初めての経験ではなかった。

以前律は、「T」に宛てた手紙に、父を追い詰めたヤクザというのはどんな生い立ちや生き方をしてきた人間がなるのだろうと、ぼんやりとした疑問を書いた。

すると「T」は、こう返事を書いてきた。

『あなたの家族を不幸にした人間の、真の姿を知りたいという気持ちはよくわかります。でもそれは、いまだ年若いあなたにはなんの益もないことです。あなたはあなたの時間をもっと前向きで豊かなことに使い、人の道に外れることなく真っ直ぐな大人になることを考えるべきです』と――――。

（まだ十代の俺の将来を、ちゃんと考えてくれてるってことだよね？）

律は、人が持つ素朴な善意のようなものを当たり前に信じている。

だが世の中にはそうでない人もいると知っている。三井も坂口も、そしてコウも、他人を騙したり脅したり裏切ったりがごく普通にある世界に生きているのだろう。

それはごくありふれた社会の現実ではあるのだろうが、律が今触れるべき現実ではない。ともかくも今、律がすべきなのは、学生の本分をまっとうすることだ。

浪川も「T」も、律を思ってそう言ってくれたのだと思うと、何やら心が温かくなる。きちんとした大人に真剣な言葉をかけてもらえるのは、父を失った律にとっては、この上なくありがたいことなのだ。

なんとなしに胸にくるものを感じている律に、浪川がふと思いついたみたいに訊ねる。

「おまえ、大学に行けてないと言ってたが、それはどうしてだ？」

「え、と……、急な引っ越しもあって、出費がかさんで」

「つまり、どうしても働かなきゃならんてことか」

思案するみたいに小首をかしげて、浪川が言う。

「だったら、せめて昼間のもっと健全な仕事を探せよ。夜の街はどこに罠が潜んでるかわかったもんじゃないぜ？」

「働いてます、一応！　町のパン工場で。でも、体質的にたくさん休まなきゃならなくて、ほかのところはみんな断られちゃったんです」

「体質って？」

聞き返されてハッとした。

抑制剤が飲めないことや、発情周期が不安定であることは、なんとなくアルファの人には話したくないなという気持ちがあって、「T」にも打ち明けていない。

答えず黙ってしまった律に、浪川が察したみたいに言う。

「……ああ、悪い。デリケートな話なのに不躾だったな」

「いえ」

「仕事先を見つけるのも一苦労、ってわけか。その様子じゃ、家族や親せきにも当てがないってとこか？　誰かほかに、頼れる人間はいないのか？」

「頼れる、人ですか？」

以前は「T」がそうだった。でもこちらから不義理をしたのに、お金に困ったから助けてほしいとはやはり言えない。律は首を横に振って言った。

「いなくは、ないですけど……、その人には、これ以上迷惑をかけたくないんです」

「そいつは、本当に困っているときに助けを求めたら迷惑がるようなやつなのか？」

「そんな人じゃないです！　でも、だからこそ、甘えてばかりじゃ駄目なんじゃないか、って……！」

話しながら、果たして本当にそれが理由なのだろうかとうっすら疑問に思えてくる。

高校を出て就職したとき、「T」はとても喜んでくれた。

だからクビになったことを知られて失望させたくないし、学費のかかる東京の大学に行くなんて身の程知らずだと、そう思われるのも嫌だったのだ。

そんな見えを張っている場合じゃないと、わかっているのに。

「……ん？　おい。おまえ、大丈夫か？」

「え」

「匂ってきたぞ。発情しそうなんじゃないのか？」

いくらか緊張感のある声で問いかけられて、ようやく自分でも気づいた。

先ほどコウが発していたあの甘い香りが、律の体から匂い始めていることに。

「……どうも、そうみたいです」

「みたいです、って、予想外だったのか？」

「なんとなくそろそろかなと思ってたんですけど、まさかこんなに早く来ちゃうなんて思ってなかったです……」

「そうだったのか。ちょっと、待ってろ」

浪川がさっと部屋を出ていく。

発情が始まってしまったからには、公共交通機関で帰るわけにもいかない。アルファの浪川に送ってもらうわけにもいかないし、タクシー会社に電話してベータかオメガのドライバーに来てもらい、家まで送ってもらうしかない。

お金が足りるだろうかと財布を探ろうとしたら、浪川が戻ってきた。

手に見たことのある小ぶりな紙のパッケージを持っている。

たぶん、市販の抑制剤だろう。でも……。

「すみません、俺、抑制剤を飲めないんです」

「これはごくごく低容量のものだ。ほとんどのオメガが飲める種類だと思うが？」

「ほとんどの人は、そうだと思います。でも、俺は駄目なんです。昔から何を飲んでも効かなくて、お医者様の処方箋が必要な強いものも、まったく効果が、なくて……」

話していたら、次第に呼吸が荒くなってきた。発情フェロモンの瘴気が濃くなってきたせいだろう、浪川がかすかに眉根を寄せる。律はため息交じりに言った。

「まだ体が未熟だからだって、お医者様には言われてますけど、もう十九ですし、これからもあまり変わらないと思います。アルファと番にならない限り」

律の言葉に、浪川が驚いたように目を見開く。「T」にすら話していないことを、まだあまりよく知らない相手に言うなんて、自分としても想定外ではある。

けれど無意識に、浪川ならちゃんと話を聞いてくれそうな気がしたのだ。

そしてそれは間違っていなかったらしい。ひどく心配そうな顔で、浪川が訊いてくる。

「さっき体質って言ったのは、それなんだな？」

「はい。なので、明日からまた仕事を休まなきゃです」

はあ、とため息をついて、律は続けた。

「俺、抑制剤が効かないだけじゃなくて、実は発情期そのものも不安定で。だからバイトもすぐにクビになってしまうんです。『ブルーダイヤモンド』も、そろそろ辞めさせられるかもしれません。ほんと難儀ですよね。はは」

気を紛らわせたくて笑おうとしてみるが、上手くできなかった。

すると浪川が、難しい顔をしてこちらを見つめてきた。

いきなりこんな話を聞かされて、さすがに困惑してしまったのか。やはりアルファにこういうデリケートな話をすべきではなかったかもしれない。

とにかく、もう一刻も早く家に帰ろう。律はおずおずと言った。

「すみません、こうなると送っていただくのは無理だと思うので、俺、タクシーで帰ります。家に帰れば、自分でなんとかできるんで」

「……？　なんとかって、発情は何日か続くだろう？　抑制剤もなしで、どうやって発情期をやり過ごすつもりなんだ？」

「えっ……、と、そ、それはっ……」

真顔でそう訊かれるとは思わず、かあっと頬が熱くなる。

オメガは発情するとフェロモンを発してアルファを引きつけると同時に、強烈な劣情に苛まれる。性欲の処理といえばすることは一つなのだし、同じ男性として、そこはできれば察してほしいものだと思うが、アルファの浪川には想像がおよばないのかもしれない。でも、問われてもいないのに打ち明け話を始めてしまったのはこちらだ。耳まで熱くなっていくのを感じながら、律は言った。

「……慰めるんです……。その……、自分、で」

消え入りそうな声に、浪川がようやく察したように、ああ、と言ってうなずく。とても恥ずかしいが、これ以上説明することもなくなった。律はいたたまれない気持ちを振り払い、タクシー会社に電話しようと携帯電話を取り出した。

すると浪川が、いきなり携帯を持つ律の手を握って操作を止めさせた。

驚いて顔を見ると、浪川が何やら意味ありげな目でこちらを見つめてきた。

「……なあ。よければ、俺が慰めてやろうか?」

「……は?」

「自分で言うのもなんだが、そっちの経験はそれなりにある。オメガフェロモンの誘惑にも、そこそこ耐えられるほうだ」

浪川が言って、請け合うように続ける。

「これくらいのフェロモンなら、理性を吹っ飛ばされずに抱いてやる自信がある。見たところ、そこまで強烈な発情でもなさそうだしな？」

「抱いて、やる……？　って……？」

人間、思いもしなかったことを言われると、言葉の意味がすんなり頭にしみ込んでこないみたいだ。固まってしまった律に、浪川がさらりと訊いてくる。

「おまえ、処女か？」

「っ、なっ！」

「そうなんだな。その年齢にしちゃフェロモンが薄いし、体が未熟だってのもまあ確かなんだろう。なら、アルファとヤるのが一番手っ取り早く楽になる方法だと思うぞ？」

「ヤっ……？　そ、そんな、ことっ　いきなりっ」

「抵抗があるのもまあわかる。だが、アルファなら欲情してるオメガの体を鎮めてやることができる。何度もヤってりゃそれだけでバイオリズムも安定してくるってのは、俗説とはいえよく聞く話だ」

浪川が言って、まるで新しい治療法でもすすめるみたいに軽く告げる。

「十九ならもう子供じゃないんだ。抑制剤が駄目なら、試してみる価値がある。そう思わないか？」

俗説については律も知っているが、実際にそうしてみようと考えたことはなかった。先ほどのコウの話もとても痛ましかったし、恋愛経験もないのにいきなりセックスだけするなんて、どういう心理で臨めばいいのか想像もできない。

でも、もう子供じゃないというのは確かにそうだ。いつまでも発情に振り回されたくはないし、避妊さえしっかりできるのなら、もしかしたら悪くはないのかも……？

「で、でも！　そんなことを、赤の他人のあなたにお願いするわけには！」

「その点は気にするな。俺も楽しむだけだ」

「た、のしむっ……？」

「おまえだって、もう体が燃えてきただろう？　遠慮するな。よくしてやるよ」

「ちょ、待っ、……ん、ンっ……！」

明け透けな物言いにクラクラしていたら、有無を言わせず抱き寄せられ、口唇で口を塞がれた。

セックスはもちろんだが、キスだって今まで誰ともしたことがない。彼の口唇の熱く肉厚な感触に驚いてしまったけれど――。

「……ぁ、ンっ……」

閉じた口唇を吸われ、舌先でちろりと舐められただけで、背筋がゾクゾクとしびれた。初めてのことで、なんと表現したらいいかわからないが、それはとても甘美な感覚だった。何度か口唇に吸いつかれただけで心拍数が上がり、呼吸も甘く乱れてくる。

わけがわからず目を見開くと、浪川がこれ以上ないほど間近で律を見つめて、低く艶のある声でささやいた。

「……触れただけで匂いが強くなったな。いい反応だ」

「な、みかわ、さ……」

「ここよりも寝室のほうがいいな。初めてなら、時間をかけて愛してやりたい」

浪川がそう言って、さっと律を抱き上げ、そのまま運んでいく。

シックなモノトーンの内装で統一された寝室に連れていかれ、ベッドに横たえられたら、一気にそういう雰囲気になって、ドキドキと胸が弾んだ。

でも、本当にこのまま抱かれてしまっていいのか。他人との性的な行為はまったくの初めて、しかも別に好きだというわけでもない、ほとんど出会ったばかりの相手となんて。

「あ……」

内心ひどく逡巡しつつも、発情の常で徐々に視界がピンク色にけぶって、頭がまともに働かなくなってくる。

頼りなく浪川を見上げると、彼がスーツのジャケットを脱ぎ、ネクタイを外して襟元をくつろげてから、ゆっくりとのしかかってきた。

かすかに身を震わせている律を見つめて、浪川が言う。

「震えているな。怖いか？」

「怖い、というか、こんなふうにアルファの人と寝てしまって、本当にいいのかなって……！」

「もちろんいいに決まってるさ。おまえは今発情している。なのに抑制剤を飲めない。だから俺が抑制剤の代わりになってやる。それだけのことだろ？」

そう言って浪川が、薄く微笑む。

「何も考えるな。ただ肉欲に身を任せて、全身で俺を感じろ。アルファの体をどこまでも味わって、食らい尽くすんだ」

「……ん、んっ……」

浪川が目を閉じて、また律の口唇に吸いつく。

いや応なしに、また呼吸が乱れていく。

(これが、アルファの、体……！)

アルファを味わい食らい尽くす、というのがどういう感覚なのか、律にはまだよくわからない。だがとてもシンプルな実感として、浪川と触れ合うことを、律の体は悦んでいるみたいだ。

立派な骨格や筋肉。高めの体温。深い息遣い。

かすかに香るスパイシーな香りは、香水か何かだろうか。

アルファの肉体と、こんなに間近に触れ合うのは初めてだが、すべてがとても力強い。触れ合っている口唇と衣服越しの体とから、オメガの自分にはない、アルファの強い生命力を感じる。

それは律にほんの少しの恐れを抱かせるけれど、同時に底知れぬ興奮をもたらすみたいだ。発情した自分の間近にアルファがいて、触れ合っているのを感じるだけで、腹の底がジクジクと潤み、律自身もゆっくりと頭をもたげてくる。

オメガの本能が、アルファを求めて反応し始めているのだろうか。

心地よい口づけにどうしてか腰が揺れ始めたから、胸にすがりついたら、浪川が尻や腿を手で撫でてきた。

そのまま少しだけきつく律の口唇を吸い、ぷるんと放すのを繰り返す。

律のうぶな口唇はどんどん敏感になり、浪川の熱をより強く感じるようになっていく。すがりついた浪川の体の存在感も、どんどん大きくなってきた。

知らず淫らな欲望が募り始め、喘ぎそうになっていると、ちろちろと様子を窺うみたいに口唇の結び目を舐めていた浪川の熱い舌が、薄く開いた合わせ目から口腔の中へと滑り込んできた。

「ん、ふぅっ……」

浪川の舌先と自分のそれとがかすかに触れ合った途端、蜜を舐めたみたいな悦びが背筋を駆け上がり、頭の中に火花が散った。

こういうのを、一度知ったら忘れられない、何度も求めたくなる味、というのだろうか。

アルファの舌の味は恐ろしいほど甘く、それだけで体の芯がジンとしびれた。誰も触れたことのないオメガ子宮へと続く内筒が、愛蜜でとろりと潤んだのが感じられる。

もっと味わいたくて口唇を緩め、恐る恐る舌を差し出したら、口唇で食むみたいにされ、ちゅる、ちゅる、と音を立てて吸い立てられた。

そうして大きな手で背中や腰をまさぐられ、さらにキスを深められる。

「つん、ぅっ、ぁ、んむっ」

歯列や舌下、上顎を、浪川の舌に余すところなく舐られて、チカチカと視界が明滅する。

キスがこんなにも刺激的で、理性を直接的に揺るがせてくるものだなんて知らなかった。

口づけだけで腹の底が潤み、閉じた後ろの窄まりがヒクヒクと動くのがわかる。体中の肌がざわりと粟立ち、律自身はますます硬くなる。

キスだけなんて物足りない。もっと体中のあちこちに触れてほしい。秘められた場所に触って、気持ちよくしてほしい――。

セックスなんて初めてなのに、そんな貪欲な思いが腹の底からふつふつと湧いてくる。

ハアハアと息を乱して、律は言った。

「……ぅ、あっ、な、みかわ、さっ、お、俺っ……！」

「昂ってきたようだな。服を脱がせるぞ？」

浪川が告げて、手際よく律の衣服を緩め、順に体からはぎ取っていく。

裸にされるなんて、まともな状態なら恥ずかしくてたまらないはずなのに、今はまったく気にならない。シャツ、ズボン、下着と、脱がされるたびに体から甘い匂いが立ち上って、肌が上気していく。

やがて首のチョーカーだけを残して一糸まとわぬ姿になると、全身の毛穴から発情フェロモンがにじみ出てくるのが感じられ、クラクラとめまいを覚えた。

ほんの少し眉根を寄せて、浪川が言う。

「まだ青い匂いだが、このままずっと抑制剤が効かない状態だと、普通に暮らしていくのもきつそうだな」

「う、う……」

「まあいい。今は面倒なことは忘れていろ」

「……ぁ、あっ、んん、ぁ……！」

身を寄せられて首筋や喉、鎖骨のくぼみに口づけられ、大きな手で胸や腹を撫で回されて、自分でも聞いたことがないような声が洩れる。

発情した体はひどく敏感で、触れられただけでビクビクと体が震えそうになる。

ツンと勃ち上がった乳首に熱い口唇で口づけられ、ちゅっと吸いつかれたら、腰が弾んで欲望がビンと跳ねた。

その弾みで、切っ先に上がっていた透明液が、とろりと幹に滴り落ちた。

「感じやすいな。ここがいいか？」

「あぁっ、あん、んぅう！」

両の乳首を代わる代わる吸われ、硬い乳頭を舌で転がされて、シーツの上で上体がうねうねとうねる。そんなところ、自分で触れたこともなかったから、感じる場所だなんて知らなかった。

舌先を押しつけて潰されたり、ころころともてあそばれると、どうしてか腹の奥がきゅうきゅうと収縮して、内腔も怪しく震え動く。欲望の先端からはますます蜜が溢れ、糸を作って腹の上に落ち、すべすべとした腹をいやらしく濡らした。

浪川が指でそれをすくい取って、そのまま幹に絡めてくる。

「はぁっ、あっ、ぃ、い……！」

くちゅ、くちゅ、と濡れた音を立てて欲望を扱かれ、はしたなく悦びを口にする。

温かくて大きく、ふっくらとした浪川の手に包まれ、ゆっくりと擦り立てられるのは、自分で触れるのよりもずっと気持ちがよかった。

ゆるゆると自身を愛撫されながらまた乳首をちゅぷちゅぷと吸われ、舌先で乳輪が沈み込むくらい舐め回されたら、信じられないくらい気持ちがよかった。

淫らに腰を揺すって手の動きを追い、浪川の首に腕を回してしがみつくと、下腹部が一気に収斂してきた。

「ああ、あっ！　駄、目っ、も、うっ」

「達《い》きそうなのか？」

「ん、んっ、ぃ、ちゃ、ぁっ、アッ――――」

こらえようと試みる間もなく頂に達し、鈴口から白蜜がびゅっとこぼれ出る。

「あ、あ……！」

他人の手で迎えた初めての絶頂。

家で自分でしても結果は同じはずなのに、どうしてか悦びが何倍も強い気がする。腹の中が何度もきつく収縮し、白い蜜もとめどなく溢れてくる。いじられていた乳首も、さらなる刺激を求めているかのようにキリキリと硬くなった。

浪川がふふ、と小さく笑う。

「本当に、とても敏感なんだな」

「す、みま、せ」

「詫びるようなことじゃない。若さってやつだからな。白いのもこんなに溢れさせて……、ある意味、健康そのものじゃないか」

よく見たら、浪川のシャツやスラックスに律の放ったものが飛び散っている。けれど浪川は気にしている様子もなく、律が達する様子をどこか慈しむような表情すら見せて眺めている。

射精している姿を誰かに見られるなんて、羞恥以外の何ものでもないが、発情で頭が蕩けてしまっているからか、そんな意識も薄くなっている。

一度達したことが呼び水になり、体もますます滾ってきて、体の芯がジクジクと疼き始めた。腹の奥深くのオメガ子宮が震え出すような感覚すらも覚えて、律は喘いだ。

「う、う、ぁ……」

もっと、触れてほしい。気持ちのいいことをたくさんしてほしい。泉のように湧いてくる渇望に、ガクガクと身が震える。

「膝を曲げて、肢《あし》を開いてみろ」

浪川に短く命じられたので、もぞもぞと体を動かした。

快感の余韻のせいか肢に力が入らなかったから、震える両手でなんとか左右の膝を抱えて持ち上げ、M字に開く。局部だけでなく、後ろの窄まりまでも露わになってしまう体勢だけれど、恥ずかしさよりも悦びへの欲求が勝っている。

律のあわいに視線を落として、浪川が言う。

「ここもう、少しほころんでいるぞ。ほら、わかるか？」

「っあ、あ！」

窄まりを指の腹でなぞられ、腰がビクビクと震える。オメガにとってそこは生殖器を受け入れる交接器官だが、律は発情を慰める目的で自分で触れたことはなかった。

だから今の今まで知らなかった。そこが気持ちのいいところなのだとは。

「こうすると、感じるか？」

「は、あっ、ああ」

柔襞をほどくみたいに指でくるくると撫でられるだけで、背筋を快感が駆け上がる。

自身を擦られて感じるのとは少し違うが、そこも確かにいい場所だ。

すでに愛蜜がにじんでいるのか、浪川に指を動かされるとかすかに濡れた音が立ち、襞が物欲しげに指に吸いついた。その動きに誘われたみたいに、浪川の指がくぷ、と後孔に挿入される。

「んぁっ……、あ、ぁあっ」

くちゅり、くちゅりと音を立てて、浪川が指を出し入れする。

中はもうたっぷりと潤んでいるようで、異物感や気持ちの悪さなどはない。かき混ぜるみたいにして中の具合を確かめて、浪川が言う。

「反応は申し分ないな。もう一本、挿《い》れるぞ」

挿入している指に添うように、つぷりともう一本沈み込んでくる。

いくらかきつく感じたが、そのままゆっくりと指の腹で内壁を擦られ、優しく抽挿されると、中はすぐになじんで、溶けるみたいに柔らかくなった。

指の付け根まで沈め、オメガ子宮の入り口に探るみたいに触れて、浪川が訊いてくる。

「オメガ子宮口装着型の保護具は、つけていないのか?」

「は、い。お金が、かかっちゃうから」

抑制剤が効かない体質なのだから、身の安全を考えたらきちんとつけたほうがいいとは思うのだが、定期的な通院が必要になるし、経済的負担が気になって先延ばしにしていた。

浪川が思案げに言う。

「金か。確か、保健所かどこかに申請すれば、格安で提供を受けられるはずだがな」

「そう、なんですか？」

「おせっかいと思うかもしれんが、今後のことを考えたらつけたほうがいいと思うぞ？　俺も気になるから、あとで軽く調べておいてやろう」

浪川が言って、付け加える。

「どちらにしろ、ゴムは使う。その点は心配するな。発情であまりものも考えられないかもしれないが、何か気になることがあったら、ちゃんと言えよ？」

「浪川、さん……」

突然の発情でいきなりこういうことになってしまって、律のほうはすっかり思考力が吹き飛んでいたが、浪川は存外冷静だ。律を安全に抱いてくれるつもりなのだとわかって、なんだかとても安心する。

オメガを騙して食い物にしようとする人間がいる一方で、こんなにも親切にしてくれるアルファがいるなんて……。

「……ん、ぅ……」

後孔からくぷ、と音を立てて指を引き抜かれ、小さく声を洩らす。後孔は熱く熟れ、甘く潤んでいて、内壁も奥のほうまでジクジクと疼いているのが感じられる。

初めてだからよくわからないが、そろそろ挿入の頃合いなのではないかとうっすら思っていると、浪川が見定めたように言った。

「準備はよさそうだ。つながってみるか？」

こくりとうなずくと、浪川がワイシャツをさっと脱ぎ捨てた。

日々鍛えているのがわかる鋼みたいな上半身に、知らずドキドキと胸が高鳴る。熱っぽい目で見上げている律の前で、浪川がベルトに手をかけ、スラックスの前を緩めた。

「……ぁ……っ」

目の前に現れた、浪川のアルファ生殖器。

その猛々しさに、喉奥で小さくうなる。

張り出した先端部から幹に至る曲線、浮き出た血管と裏の一筋。そして付け根にある、アルファ生殖器の最大の特徴である大きな亀頭球。

生物の授業か何かで一応習ってはいるが、屹立した実物を目にするのは初めてだ。ほとんどグロテスクと言ってもいい形状にかすかな戦慄を覚えるけれど、発情したオメガの体は、それを好ましいものだと感じたみたいだ。後孔がいやらしくヒクついて、内奥がますます潤んでくるのを感じる。

その硬く大きな肉杭が欲しい。この身を貫いて一つになってほしいと、激しい欲望が募る。浪川が服をすべて脱ぎ捨て、サイドテーブルの引き出しからゴムを取り出して丁寧に装着するのを見ていたら、渇望でまなじりまで潤んできた。

泣くほどアルファを欲しがるなんて、オメガの本能が自分でも少し恐ろしくなるけれど、発情を抑えることはもちろん、その周期すらもままならない我が身だ。いっそアルファに抱かれてとことん乱され、どこまでもわけがわからなくなってしまえば気が楽なのかもしれないと、投げやりな気持ちも少しばかりある。

そんな律の思いを知ってか知らずでか、浪川が律の膝裏に手を添えて腿を支え、硬い切っ先を律の後孔に押し当てて、静かに告げてきた。

「挿れるぞ。体の力を抜いて、楽にしていろ」

「は、いっ……、ぁっ……、あ、あっ！」

ぬらりと濡れた感触とともに、すさまじく熱くボリュームのあるものをぐぷっと埋め込まれて、かすれた悲鳴がこぼれた。

想像よりもずっと硬く、そして大きな、浪川の雄。抑えた動きでゆっくりじわじわと入り込んでくるためか、痛みなどはないが、あまりの質量に冷や汗が出てくる。

浪川もきついのか、目を細めて言う。

「体がこわばっているな。もう少し、力を抜け」

「んんっ」

「っ……、いや、それだと逆に締めつけてるぞ。もっとリラックスしろよ」

言われたとおりにできればと思うのだが、どうすればそうできるのかわからない。

膝を支える手を離し、浪川の両腕に頼りなくすがると、浪川が少し考えるふうにこちらを見下ろして、ゆっくりと上体を倒してきた。

「……あんっ、ぁ、はあ……」

腰を少しずつ進めながら、ツンと硬くなった乳首を舌で舐められ、上体が跳ねる。

そこはずっとつつましやかな、空気みたいに意識しない存在だったのに、感じることを覚えた今は、まるでできたばかりの快楽のスイッチだ。浪川の舌でもてあそばれると、その刺激を全身に伝えて律の官能を揺さぶってくる。じんわりと広がる甘い疼きが律の体の芯を溶かし、それにつれて自然と体の緊張もとけていくみたいだ。

きつい窄まりもいくらか柔らかくほどけたらしく、浪川がすかさず律の両肢を押し上げて腰を上向かせる。そうして体ごとのしかかって下腹部を重ねるようにしながら、熱棒をさらにずぶずぶと沈めてきた。

「あ、ぅつ、はああっ」

重量感のある剛直に深く貫かれ、胃がせり上がってくるようだ。

中を突き破られてしまいそうなほどのかさに一瞬怖くなったが、みっしりとした肉杭の熱さを腹いっぱいに感じると、それだけで満たされるみたいな感覚があった。

たくましく雄々しいアルファと、自分は今、一つになろうとしている。

その行為によって、寄る辺のないオメガの我が身がかすかに慰撫されるような、そんな感覚があって――。

「少しずつ動いていくぞ。苦しかったらそう言えよ？」

「ふ、ぁ……、あぁ、あ……！」

緩やかに腰をしならせて、浪川が肉杭で律を穿ってくる。

すさまじい質量に内壁を擦られ、体がきしむようだ。

けれど内腔は愛蜜で潤んでいるせいか、痛みはなかった。行き来する深度もさほど深くはないのか、苦しいというほどでもない。

律動をスムーズに受け止めようと呼吸を合わせる律に、浪川が気遣うように訊いてくる。

「つらくないか？」

「は、いっ」

「中が少しずつなじんできた。もう少し大きく動いていくぞ？」

「はい……、っ、ぁ、あ……！」

ズン、と内奥を押し開かれて、一瞬ヒヤリとした。

浪川がどのくらい律の中に入っているのか、実際のところよくわからないけれど、もしかしてまだ全部のみ込んではいないのだろうか。じわりと引き抜かれ、またぐっと突き入れられるたび、挿入は深さを増していくみたいだ。胃がせり上がる感じもさらに強くなっていくけれど。

「あ、あっ！」

「ここ、いいのか？」

「は、いっ、そこ、ぁあっ、あんっ、あぁぁっ！」

浪川の張り出した切っ先が、内腔前壁のとある場所をかすめたら、体がビクンと跳ねた。擦られるだけで腹の底にざわざわと快感の波が広がるそこは、まるで快楽の泉のようだ。硬い肉根で撫でるみたいにされると、抑えようもなく声が洩れてしまう。

浪川がふっと息を吐いて言う。

「いい感じにこなれてきたみたいだな。中がたっぷり潤んで、なめらかに滑るようになってきた。ほら、こうすると、いいだろう？」

「ああっ、んっ、ぃ、いです、気持ち、いっ……！」

感じる場所を狙い澄ましたようになぞりながら、腰を揺すって熱棒で中をかき混ぜられて、たまらず上ずった声で答える。

蜜で潤んだ内壁は甘く蕩けて、刺激に敏感になっていくようで、ぬちゅ、ぬちゅ、と水音を立てて浪川が行き来するだけで、悦びでヒクヒクと蠢動した。内襞はピタピタと幹に吸いつき、離すまいとするみたいにすがりついていく。

その感触が堪えるのか、浪川が悩ましげに眉根を寄せ、次第に長いリーチを余さず使った大きなストロークへと変わっていく。

「あぁ、あっ！　ふう、ううっ……！」

したたかなボリュームと熱さとを腹の奥深くに感じて、身悶えそうになる。

内腔の前壁だけでなく、腹の奥のほうにもひどく感じるところがあって、雄が最奥に突き当たって引き戻される都度、張り出した傘の部分がそこをくぷくぷと擦って、言いようのない快感がほとばしる。触れられてもいないのに、律自身がまた頭をもたげ、先端からはいくらか濁った透明液がとろとろと溢れ始めた。

「あ、あっ、はあ、中っ、とろとろ、してっ……」

鮮烈な悦びに蜜もとめどなく出てきて、浪川が腰を引くたび、媚肉がきゅるんと捲れ上がってとぷりと外にこぼれ出る。それを巻き込みながらまた深々と剛直を突き入れられ、凄絶な悦楽の波に我を忘れて声を上げた。

「ひぅうっ、ううっ、す、ごいっ、ぃいっ、気持ち、いいっ」

「どこが、いい？」

「お、くっ、奥がっ、いぃっ！　あぅっ、はあぁっ」

律の言葉に応えるように、浪川が律の腰を抱え直してリズミカルに腰を打ちつけてくる。熟れた窄まりに沈み込んでくる熱い肉塊は、彼の男根の付け根にある亀頭球だろうか。

ぐぷ、ぐぷ、と何度も埋め込まれると、窄まりが押し開かれる刺激で孔がジンジンと熱くなってくる。それもまた気持ちがよくて、思わず彼をきゅっと締めつけたら、浪川がウッとうめいてこちらを見た。

「なんて素直な体だ。もう、抑えなくても大丈夫そうだな……！」

「────ああっ、はぅうっ、あぁっ、ああああっ」

律と目を合わせたまま、浪川が抽挿のピッチを上げてくる。

言葉のとおり抑制を取り払ったみたいな深く重量感のある律動に、思わず逃れようとシーツの上を背中で這い上ったが、腰をぐっとつかまれて引き戻された。

律の両肢を肩に担ぎ上げ、尻の下に腿を入れてがっちり体を押さえ込んで、浪川が猛然と追い立ててくる。

「あっ、ああっ、駄、目っ！　そ、なっ、激、しぃっ」

壊されてしまいそうなほどの勢いに、おののいて叫ぶけれど、律の内腔はまるでそれを求めていたかのように浪川に追いすがり、きゅうきゅうと締めつけて悦びを味わおうとする。体の芯が快感で熱く燃え滾って、また頂の気配がしてくる。

「ひっ、ああっ！　き、ちゃう、ぃいのがまた、きちゃいますうぅっ！」

「ああ、わかる。おまえが甘くすがりついてくる。俺のもので感じて、そのまま達けっ」

「ひぅうっ、ああっ、はあぁあっ――――！」

一瞬目の前が真っ白になったと思ったら、腹の底で熱が爆ぜた。律の切っ先から押し出されるみたいに大量の白蜜が流れ出て、腹や胸にビュクビュクと跳ねる。

こんなにもたくさんの白いものを、一度に放出したのは初めてだ。やはり自分の手で慰めるのとアルファに抱かれて達するのとは、まったく別の現象なのかもしれない。

ややあって浪川が、ひときわ深く律を穿って動きを止め、ぐっと息を詰めた。

「……ぁ、浪川さんのが、中、でっ……」

律の中で浪川がビンビンと弾んで、かすかに膨張したのを感じる。

コンドーム越しでも、彼が達して白濁を吐き出しているのがわかった。

律の放った蜜も予想外に多かったが、アルファが一度に放出する精液の量は、ほかのバース性とは比べものにならないくらい多いというから、ゴムを使ってくれていなければ大変なことになっていただろう。

でも、自分がほんの少しそれを求めているのも感じて、ゾクゾクしてくる。

やはりオメガの体は、本能で求めているのかもしれない。律を征服し、奥の奥まで容赦なく剛直で貫いてくるたくましく強大なアルファの、子種を。

「……大丈夫か？」

「は、い」

「初めてにしちゃ、よく頑張った。いい子だ、律」

「……んっ……」

初めて名を呼ばれ、熱っぽく口づけられて、どうしてか胸がトクンと跳ねた。

ほとんど出会ったばかりのアルファ男性なのに、抱かれて感じさせられ、こんなにも乱された。その上甘い雰囲気でいい子だなんて言われたら、単純だとは思いながらもうっとりしてしまう。バース性というものの、それが宿命なのだろうか。

本能のようにアルファを求めてしまう自分に、ほんの少し恥ずかしさを覚えつつも、律は浪川の胸にすがりつき、その甘い口づけを味わっていた。

発情した体が求めるまま、律はその後も二度、浪川と交わった。

結局そのまま彼のベッドで気絶するみたいに眠ったのは、明け方近くだっただろうか。

（……浪川さん、起きてるのかな……？）

ぼんやりと聞こえてきた人の話し声で、律は目を覚ました。

どうやら、浪川が隣室で電話で誰かと話している声のようだ。

もう起きているのかと驚いたが、ベッドサイドテーブルの上の時計を見たら、もう八時すぎだった。確かここはオフィス代わりにしている部屋だと言っていたから、仕事の電話なのかもしれない。

律もパン工場に休むと連絡をしなければと思い、携帯電話を捜したが、どうもリビングに置いてきたようだ。

「……あれ……？　発情、おさまってる……？」

ふと気づいたら、意識がとてもクリアになっていた。

眠る前にはまだ少し体が熱く、発情が続いている感じがしたのに、今はすっかり落ち着いている。いつもなら、このくらいの感覚になるのは発情して三日目の朝くらいだ。

俗説だと思っていたが、やはりアルファに抱かれると発情が鎮まるのだろうか。

そうなのだとしたら、これならアルバイトに行けるかもしれない。とにかく携帯を取りに行こうと、のっそり起き上がると。

「うぅ……、腰、がっ」

激しい情交を繰り返したせいか、腰がズキンと痛んだ。今まで使ったことのない筋肉を酷使したからか、内腿や尻、背中の筋も痛い。

なんだか情けない気分で、律はよろよろとまたベッドに倒れ込んだ。

(俺、本当にセックスしたんだな、あの人と……)

改めてそう実感して、知らずはあ、とため息が出た。

浪川に抱かれている間は、夢心地の時間だったけれど、彼とは付き合っているわけでも、好意を抱き合っているわけでもないのだ。

こういうのは「ふしだら」なのではないかと、ちょっとそんな気になってきて……。

「……ああ、起きたのか」

寝室の入り口から浪川が顔を出し、様子を窺いながら言う。

「オメガフェロモンの匂いはほとんどしないな。気分はどうだ？」

「悪くは、ないです。発情もおさまってますし。ただ、腰が……」

「腰か。それはまあ、湿布でも貼って……」

浪川が言いかけて、口をつぐむ。

それから何か見つけたみたいにこちらにやってきて、律の胸元を見て言う。

「……すまん、痕を残してしまったな」

「……？」

そういえばと思い我が身を見たら、律はショーツの上にとても大きなコットンのシャツを、ちょうど女の子のシャツワンピースのような感じで着ていた。

どう見ても浪川のものだが、その大きく開いた胸元に、小さなバラの花みたいな赤い痕がポツリとついていた。もしやこれは、キスマークというやつだろうか。

「一応気をつけていたつもりなんだが、ときどき匂いでクラッときてたみたいだ。たぶん、数日で消えるだろう」

浪川がすまなそうに言って、軽く顎をしゃくる。

「とりあえず、起きられそうならダイニングに来い。朝食はパンでいいか？」

「あ……、は、はい、ありがとう、ございます」

うなずいて去っていく浪川に、知らず頬が熱くなる。

ゆっくりと起き上がってもう一度胸元を見ると、やはりそれはキスマークのようだった。

格好も、恋人でもないのに彼シャツみたいだし、なんだかいい香りがするのもちょっと恥ずかしい。よく知らないアルファ男性と抱き合い、その家に泊まってしまったのだと改めて自覚して、今さらながらに慌ててしまう。

今までの自分の生活にはなかった状況に戸惑いを覚えつつも、腰をかばいながら廊下を歩いていくと、明るいリビングに出た。

コーヒーの香りに誘われるように、その先にあるダイニングキッチンに行ったら、テーブルに律の携帯が置いてあった。

「さっき、『パンファクトリー・結』ってとこから電話があったぞ。発情したから休むと伝えておいた」

「えっ、電話、出たんですかっ？」

「悪い。何度か鳴っていたし、眠っているのを起こすのも、忍びないと思ってな」

浪川がこともなげに言って、テーブルについた律の前にクロワッサンとサラダ、大きくスライスしたハム、チーズなどを順に並べていく。

「でも、おまえはこの機会に少し生活を見直したほうがいいんじゃないか？」

「生活を？」

「学生なのに、アルバイトに追われて大学に通えてないんじゃ本末転倒だろうが。いったん辞めて、学業に専念しろよ」

「そう、言われても……」

お金が足りないからアルバイトをしているのだ。どうかすると大学そのものも退学しなくてはならないくらい、金欠なのに……。

「心配するな。俺が面倒見てやるよ」

「……え……」

「頼る当てがないんだろう？　だったら俺に頼ればいい。オメガの学生一人くらい、援助してやるよ」

「え、と……、でも、それは」

「気兼ねすることはないぞ？　金の工面も発情のコントロールも、この俺がしてやる。体の相性もよさそうだったしな」

「体の、相性……？」

何を言われたのか一瞬わからず、首をかしげる。それからはたと思い至って、あんぐりと口を開けた。それはつまり、囲ってやるということではっ……？

「お、お断りします、そんな！　そんなっ、その、愛人契約みたいなお話！」

「愛人って……。俺は独身なんだが？」

「でもっ、それってつまり、援助交際ってことじゃないですか！　破廉恥です！」

「破廉恥とはまた、古風な言い方を……。俺は何も、そういうつもりでは」

浪川が困ったように言いかけて、思い直したふうに続ける。

「あー、だがまあ、そうか。援助って言ったらそういうことになるのか？　俺も楽しむと言ったのも確かだし、やれやれ、言葉選びってのは難しいもんだな」

苦笑交じりにぼやいて、浪川がすまなそうにこちらを見つめる。

「一応、人助けのつもりなんだがな。天涯孤独の身の上のせいか、たまに良識ってやつが他人のそれとズレてることがある。どうか気を悪くしないでくれ」

「天涯、孤独……？」

思いがけない言葉に、驚いて浪川の顔を見つめ返した。

アルファ性の人は、親もアルファである場合が多いため、たいていが経済力のある良家の子女だ。子供の頃から何不自由なく育ち、長じても生まれ持った高い知性と身体能力を存分に生かしてエリートコースを歩む者ばかりだから、浪川の境遇は意外だった。

真摯な表情で、浪川が言う。

「だが、働きながら進学するのが大変だってことは、俺も知ってるつもりだ。不遇に抗えず潰れていくやつも何人も見てきた。縁あって体までつないだんだ。黙って見てるってののは、なんとも忍びないんだよ」

「浪川さん……」

「そもそも、おまえはなぜオメガの身で大学へ行こうと考えた？　何か志があったからじゃないのか？　しっかり学んで這い上がりたいって、そう思ったからだろ？」

浪川の問いかけに、ハッとさせられる。

それは確かにそうだ。社会の問題や理不尽がどうして起こるのか、ちゃんと勉強して考えたいと思ったから進学しようと決めたのだ。

なのに目先のお金のことに惑わされて、それを忘れていたなんて。

(助けてもらっても、いいのかな……？)

浪川の言っていることは正しいし、どこもおかしなところはないように思う。

何か騙すつもりならとっくにそうしているだろうし、わざわざ律に嘘を言うような理由だって、浪川にはないはずだ。「T」のように律を支え、助けの手を差し伸べてくれるというのなら、その手を取ってもいいのではないか。

なんだかそう思えてくるけれど。

「本当に、それだけですか？　俺を助けたいって、ただそう思ってくれたから……？」

「ああ、そうだ。おまえだって、知り合いを助けたいからヤクザとやり合おうとしたんだろう？　同じことだよ」

コウの話を思い出したのか、浪川が言う。

「その必要がなくなったなら、いつでも去ってくれていい。でも、おまえに今すぐ逃げ出す理由がないのなら、俺の提案を受け入れてみないか？」

どうして自分なんかにそこまで、とか、やはり何か騙そうとしているのでは、とか。かすかに思わなくもなかった。

けれど浪川のまなざしには曇りはなく、ただ心から助けたいと思ってくれているのが伝わってくる。そんな甘い話があるはずないと、他人は言うかもしれないが、少なくとも律は、人の善意というのは存在すると信じている。

「T」がそうであったように――。

「まあ、俺だって信用は買うものだってことはわかってるさ。今すぐ必要な金がいくらになるのか、ざっとでいいから教えてくれたら、すぐに用立てて……」

「あ、あの！　ちょっと、待ってください」

律は浪川の言葉を遮るように言って、考えをまとめながら続けた。

「あなたのご提案を、俺は受け入れたいと思い始めています。でも、全部助けてもらうっていうのは、ちょっと違うんじゃないかと」

「というと？」

「こんな体質だし、生意気だって思われるかもしれないですけど、俺は働いて自分でお金を稼ぐことは、できればやめたくないんです」

そう言うと、浪川は小さくうなずいた。

「生意気だなんて思うわけがない。それは人としての矜持ってやつさ。だったら、俺の持ってる別の店で働けるようにしてやる。至って健全なフレンチレストランで、まかないもつく。それならいいだろう？」

そこまで言われたら、もはや断る理由もない。

でも、こういうときなんと言えばいいのだろう。よろしくお願いしますというのもなんとなく変だし、お世話になります、というのもちょっと軽すぎるし……。

「とりあえず飯を食え。それから話せることだけでいい。おまえのことを聞かせてくれ」

穏やかな声音と優しい目。そんなまなざしを向けてくれる人に出会ったのは、初めてだ。

なんとも気恥ずかしいが、素直に嬉しくも思う。

まだ夢でも見ているような気分で、律はおずおずとうなずいていた。

それから三か月ほどが経った、五月のある日のこと。

律は下宿からほど近いところにある、オメガ専門の総合病院を訪れていた。

「……母さん、入るよ」

そっと声をかけて、病室に入る。ベッドに横たわって天井を見ていた母の由美《ゆみ》が、ゆっくりとこちらに顔を向ける。

「……あら、律。お帰りなさい」

「ただいま」

話を合わせてベッド脇の椅子に腰かけ、由美の様子を見る。

田舎の病院からこちらに転院させて、まだ二週間ほどだ。新しい主治医によれば、ようやく転院によるストレスが和らいだのか、ここ数日はとても気分が安定しているという。

確かに、表情はいつになく穏やかだ。顔色はあまりよくないが、病院食もきちんと食べているようで、少しふっくらして見える。

「学校はどうだった？」

「変わりないよ」

「そう。担任の先生は優しい？」

「うん。とっても」

父が自動車事故を起こしたあと、由美の時間は妙な具合に止まってしまっているらしかった。

今の律をちゃんと息子だと認識しているのに、彼女の中では律はいまだに小学生だ。こうやって当たり障りのない話はできるのに、ちょっとしたことで事故を思い出して心が乱れてしまうので、就業はもちろん、家に一人で過ごさせるのも難しい。

律が田舎で就職を決め、由美と共に引っ越したのも、祖母がいて見守ってもらえるだろうと考えたからだが、オメガ特有の持病もあるため結局入退院を繰り返すことになってしまい、律が大学進学で再び上京してからは、ずっと離れ離れだった。

でも、今はこうやって近くに住んで気軽に見舞いに来られるようになり、自分で様子を見られるようになって、正直とてもほっとしている。

(これも、浪川さんのおかげだな)

あのあと、浪川に当面の生活費と学費とを出してもらった律は、四月から再び大学に通っている。昼間は講義を受け、夜は浪川がオーナーをしている洒落たフレンチレストランで、ホールや雑用のアルバイトをさせてもらっている毎日だ。

いまだに発情周期は不安定だが、急な発情の折には浪川のマンションで会い、彼の手で発情を鎮めてもらっているので、日常生活が大きく乱れることもなくなった。

由美の転院の手配をしてくれたのも浪川だし、彼にはとても感謝している。

「ねえ律、今何時かしら？」

「ええと、午後の三時すぎだよ」

「そう。このお部屋、時計がないからわからなくなっちゃうのよね。そろそろお夕食のお買い物に行かないと」

「俺が行ってくるから大丈夫。母さんは疲れてるんだから、お昼寝してて？」

「まあ、ありがとう律。じゃあ少しだけ眠るわ。四時になったら教えてね」

由美がそう言って天井に顔を向け、静かに目を閉じる。

もう何度も繰り返してきた会話だが、由美は安心したのかやがて寝息が聞こえてくる。

それを確かめて、律は小さくため息をついた。

この部屋にも、祖母の家にも、ここよりも前に入院していた病院の部屋にも、時計は置いていなかった。時計があると、由美が昔のことを思い出してしまうからだ。

昔、今泉家には美しい骨とう品の懐中時計があった。

父がとても大切にしていたそれは、金無垢でずっしりと重く、ダイヤモンドがいくつもちりばめられていた。

外側の縁、八時のあたりに特徴的な傷があるのだが、それはその昔、時計を所有していた幕末の貿易商が、暴漢に日本刀で斬りつけられたときにできたものだといわれている。

家宝のようにしまわれていたそれを、律も何度か見せてもらったことがあるが、幼心にとても高価なものなのだろうと感じていた。

由美によれば、父が事故を起こす前日、ヤクザが自宅に借金の取り立てに来て、その懐中時計を無理やり奪っていったのだという。以来、由美は時計を見るとそのときのことを思い出すようで、狂乱状態に陥ってしまうのだ。

（ずっとこのままで、いいのかな？）

由美が心乱れて苦しむ姿は見たくないし、大学を出たら今度はちゃんとした仕事先を見つけて、自分が由美を支えていきたいと律は思っている。

けれど、ヤクザの横暴のせいで心を傷つけられた由美が、これからもずっとこのまま時を止めて生きていくのだとしたら、それはとても哀しいことだと思う。どうにかして心身の健康を取り戻させてあげたいと、律は以前にも増してそう感じている。

この転院で、少しでも症状が改善してくれたら。

そう願いながら、律は静かに病室をあとにした。

その夜のこと。

「さて、服薬してもう三十分になるが、変わりは……？」

「……残念ながら、ほとんどないです」

「そのようだな。……ふむ、これも効かない、か」

夜十一時をすぎた、浪川のマンション。

わかってはいたが、やはり抑制剤は効かないみたいだ。

発情した体をリビングのソファの背に預けて、律はため息交じりに言った。

「すみません」

「いや、謝ることじゃないさ。すぐに鎮めてやる。ベッドへ行こう」

浪川が言って、律の手を引く。よろよろとついて歩く律の視界は、もう甘いピンク色に染まっていて、徐々に思考が散漫になっていく。

昨日からなんとなく発情の兆しがあったので、一応浪川にそう告げていたのだが、病院の見舞いから帰ってアルバイトに行く支度をしていたら、本格的に発情の気配が来た。慌てて浪川に連絡したところ、夜遅くでよければ会えると言ってもらえたのだ。

なんとか自力でマンションについたところで発情が始まったのだが、浪川が発売されたばかりの最新の抑制剤をくれたので、試しに飲んでみたのだった。

「……ん、んっ、ぁ、ン」

二人でいつものベッドになだれ込み、衣服を脱ぐのもそこそこに、濃密なキスを交わす。甘いキスを味わっただけで、体が芯から溶けていきそうだ。発情した体がアルファを求めてざわめき、腹の底がふつふつと沸き立ち始める。

浪川が苦笑気味に言う。

「はは、すごいな。本当に少しも抑制剤が効いていないようだ」

「……ですね。せっかくくださったのに——」

「すみませんはナシだ。おまえは悪くない。何も謝る必要はないぜ？」

浪川が言って、笑みを見せる。

「素直に感じて、声を上げてろ。そうしてれば明日には発情がおさまる。いつもみたいに、俺がそうさせてやるよ」

「は、い、お願い、しま……、ん、ぁっ……」

シャツを捲り上げられ、ツンと勃った両の乳首をクニクニと指でいじられて、快感で上体がうねる。胸の間やみぞおち、腹にキスを落とされ、口唇で軽く吸われると、触れられる悦びに全身が歓喜して、ますます発情フェロモンが香った。

浪川がうう、と小さくうなる。

「このところ、反応が強くなってきたな。発情にもメリハリが出てきたというか」

「そ、です、か……?」

「俺に触られるのに慣れてきたんだろう。ほら、ここもうこんなだ」

衣服の上から局部に触れられ、そこが硬くなっていることを教えられて、頬が熱くなる。

下着ごとズボンを脱がされたら、律自身はピンと勃ち上がっていて、切っ先もわずかに濡れていた。

メリハリ、というのはよくわからないが、ベッドでの浪川の手慣れたリードのおかげで、律もすっかりセックスに慣れてきていた。

浪川のすすめで子宮口を塞ぐ形の体内装着型のオメガ子宮口保護具を入れたので、あまり妊娠の心配をしなくてよくなったせいもあるのか、行為にさほどためらいを覚えることもない。

自分の感じる場所もわかってきているし、漠然と体に触れられたいとかではなく、どこをどうしてほしいというのもはっきりしてきた。

ほかにも、発情の兆候があるのになかなか始まらないとか、発情期と発情期の間が一週間しかないとか、そういうダラダラした感じが最近は減ってきていて、正直とても助かっている。アルファと交わることで、律の体は確実に変わってきているということだろう。

もぞもぞとシャツを脱ぎ、自ら肢を開いて蕩けた目で見上げると、浪川の目にギラリとした劣情の色が覗いた。

アルファが欲情する瞬間を間近で見ると、いつもかすかな戦慄を覚えるのだけれど。

(浪川さんなら、大丈夫)

あれから何度も抱かれているが、浪川はこちらがどんなに発情フェロモンをまき散らし、気をやって乱れまくっても、煽られて暴走したりはしなかった。律をよく見て絶妙な愛撫で昂らせ、頂へと導いて欲望を果てさせてくれるのだ。

でも、よく見てくれているのは何もベッドの上だけの話ではなく、電話やアルバイト先での様子から、律が無理をしていそうだと感じると気遣ってくれたり、休養するようすすめてくれたりもする。

先ほどのように、最新の抑制剤が発売されたと聞けば買ってきてくれたりするし、発情が不安定なオメガが何に気をつけて暮らせばいいか、医師の友人に訊いてくれたりもしている。

何より、仕事が多忙なのにもかかわらずこうして会って抱いてくれ、発情を鎮めてくれるのだから、彼を信頼できない理由などもうないに等しかった。

「ああ、後ろはもうとろとろだ。俺が欲しいか?」

「は、いっ」

「わかった。ちょっと待ってろ」

浪川が答えて、彼自身にコンドームをつける。そうして律の肢の間に体を割り込ませたきたから、自分から肢を持ち上げ、彼の腰に絡みつかせた。

上向いてむき出しになった律の後孔に、浪川が沈み込んでくる。

「ぁ、うっ、あ、はあっ……」

体の欠けた部分をみちみちと満たされていく感覚に、知らず笑みすらこぼれそうになる。

圧倒的な熱と質量、奥の奥まで届くリーチ。

与えられただけで絶頂に達してしまいそうなほど、浪川のそれは気持ちがいい。

動かないでなじむのを待っていてくれる間も、律の内襞は快感を得ようとするみたいにきゅるきゅると彼にまとわりつき、内へ内へと引き込んでいく。

その感触が堪えるのか、浪川が悩ましげな目をして律を見つめる。

「今夜も長い夜になりそうだ。ある意味、アルファ冥利に尽きるがな」

「……ぁ、あっ、ん、ぅぅ……」

浪川がゆっくりと腰を使い始めると、律の視界が甘く歪む。

いつものとおりなら、この交合は明け方近くまで続き、そのまま眠って少し遅めに起きたら、たぶん発情はおさまっている。

浪川が作ってくれるブランチを一緒にとったあと、運転手付きの彼の車で大学の近くまで送ってもらえるのだろう。

なんとなく友達に見られたら恥ずかしいので断ろうとすると、朝までたっぷり楽しませてもらった礼だと、彼はふざけて言うに違いない。もちろん冗談だとはわかってるけれど。

（やっぱりこういうのは、「愛人」みたいだよな）

アルファの裕福な男と頻繁に情事を重ねているけれど、恋人でもパートナーでもない。なのに学費や生活費の一部を出してもらい、何かと援助してもらっている。

そういう関係に、オメガの律としてはやはり忸怩たる思いがある。

でも、亡くなった父や療養中の母のためにも、大学でしっかりと学びたい。浪川との関係は、律にとってそのための手段で、自分で選んだことなのだ。

そう思い直したあたりで、頭がぼんやりしてくる。腹の底から湧き上がる淫靡な快感に、徐々に意識をかき乱されて――――。

「は、ぁあっ、いい、浪川さんの、ぃ、いっ……！」

浪川の首にすがりついて、自ら腰を跳ねさせる。

律は思考を手放して、甘い快楽に沈んでいった。

それからまた、ふた月ほどが経った。

「それじゃ、また月曜日に」

「うん。ノートありがとう律君。月曜には返すから！」

紅茶とケーキの美味しいカフェを出て、新宿の東口へ向かう大学の友達が、手を振って去っていく。

もうすぐ大学の春学期の期末試験があり、アルバイトもしばし休みだ。それで今日は、大学の講義のあと、書店で参考文献を探したいという友達に付き合って律も新宿に来た。

その帰りにネットで評判のカフェでお茶を飲んだのだが、先週休んだ分の講義のノートを貸してあげることになったので、カフェ代は友達のおごりだ。

(なんかこういうの、学生っぽいな)

抑制剤の効かない身で、いつ発情するかもわからなかったから、今までは友達と気軽に出歩くことに気後れしてしまっていた。でも、最近は発情しそうなときは少し前からはっきりとわかるので、友達付き合いにも積極的になってきた。

今日一緒に出かけたのは、律と同じく秋学期から入学したベータ男子で、大学に行けない間も何かと気遣ってくれていた友達だ。家族のことや浪川とのことなど、話せないことはたくさんあるのだが、それを置いても最近は今までよりずっと親しくできている。彼のおかげもあって、律もようやく人並みの学生生活を送れている実感が持ててきた。

サークルに入ったりする余裕はないし、飲み会などもまだ行ったことはないが、余裕が出てきたらそのうち参加してみたい。二十歳の誕生日はまだ半年ほど先だが、いつになく楽しみにしていて、そう思えることが嬉しい。

これもみんな、「T」や浪川のような人の善意に支えてもらってきたからこそなのだなと、感謝の気持ちを新たにしながら、律は下宿に帰ろうと地下鉄の入り口のほうに足を向けた。

すると、いきなり目の前に金髪の男が立ち塞がった。

「やっぱりてめえか！」

「えっ」

「ちょっと、顔貸せ！」

「っ、や、待っ……！」

忘れもしない、ヤクザの坂口だ。逃げる間もなく腕をつかまれて引きずられ、雑居ビルの間の人けのない路地に引き込まれる。

ドンと壁に背中を押しつけられ、怯えながら見上げると、坂口が怒気のこもった目をしてこちらをにらみ据え、ぐっと顔を近づけてドスの利いた声で言った。

「てめえ、よくも俺の前にその面出せたなっ？」

「す、すみま、せ」

「裏から手ェ回して手打ちにしやがって、おかげで俺はいい笑いものだっ！　どう始末つけんだコラ！」

恐ろしい剣幕にたじたじとなってしまうが、律が自ら解決したわけでもないので、なんとも弁解しようがない。それをわかっているのか、やがて坂口がチッと舌打ちをして、苛立たしげに顔を離した。

「落とし前つけさせてえとこだが、上からてめえには手を出すなと言われてる。あんときのコウってガキも、クスリきめてフラフラしてて逮捕されやがって。常習性があったってんで、店の周りをポリ公がうろうろしてやがるしよ。おかげで商売上がったりだ。まったく面白くもねえ！」

坂口が吐き捨てたので、コウがあのときどうして逃げ出したのかようやく悟った。

不服そうな顔で、坂口が続ける。

「おい、おまえは浪川の旦那のなんなんだ」

「え……」

「旦那がああいう揉め事に首を突っ込むなんざ、久しくなかったことだ。それにおまえ、まだ学生だろ？　あのキザ野郎の趣味からしたら、どう考えてもガキすぎる。どんな縁なんだよ？」

浪川の趣味とやらは知らないが、坂口の想像に反して愛人まがいをやっている身としては、冷や汗が出てくるばかりだ。律は素早く考えを巡らせて、短く答えた。

「アルバイトを、させてもらってます、あの人のレストランで」

「バイトだと？　まともな店か」

「は、はい、至って普通の、お店です」

レストランにまとももとそうでない店とがあるとは知らなかったが、とりあえず嘘は言っていない。坂口が不信げに言う。

「自分とこのバイトだから助けてやった、ってことか？　すっかり表側の人間を気取ってやがるくせに、そういうときだけ大親分を頼るってのはどうなのかねえ？」

「……？」

大親分というのがどんな立場の人なのかよくわからないが、いかにもな言葉に、坂口はやはりヤクザなのだとヒヤリとする。

浪川が多少そちら方面に顔が利くのは確かだろうし、だからこそこの坂口とのトラブルも解決してもらえたのだろうが、「表側を気取る」という言い方は少し引っかかる。

それではまるで浪川自身が「裏側」の人間みたいでは……。

(……もしかして、そうなのかっ?)

レストランやバー、クラブなどをいくつも経営する、青年実業家。

アルバイト先の社員や客からは、マメで気さくなオーナーとして慕われているが、実のところ浪川について律が知っているのはそれくらいだ。

何度も会っているし、人柄のよさやベッドマナーは知っているものの、彼はあまり自分のことを話さないので、本当はどんな人物なのかわかっていない。

律は思わず坂口に訊ねた。

「あの……、浪川さんは、どういう立場の人なんですか?」

「あぁ?」

「あなたは、本物のヤクザなのだと聞いています。浪川さんとは、どういう……?」

言いかけると、坂口が目を丸くして、それからいきなり笑い出した。

「ははっ、『本物のヤクザ』かっ! ほんと面白いなおまえ! はは! ははは!」

「え……っ?」

「モノホンのヤクザだってわかってて、俺に話を聞く気なのかよ！　この前の態度といい、可愛い顔して勇気あるよな、おまえ！」

「っ……」

浪川に蛮勇と言われたのを思い出し、背中に冷たい汗がにじむ。もしかしてまた余計なことを言っただろうか。

だが坂口は、どうしてか少し気をよくしたふうで、まんざらでもない様子で続ける。

「しょうがねえ、ちょいと教えてやらあ。いいかよく聞けよ。俺様は天下にとどろく北狼《ほくろう》会郷田組、郷田組長の右腕って呼ばれてる男なんだぜ！」

「ほくろう、かい……？」

「北狼会郷田組！　この街でその名を知らねえ奴は、まあモグリだな！」

得意げに言って、それから少し渋い顔で坂口が続ける。

「浪川の旦那はその北狼会の大親分、北園《きたぞの》会長の大のお気に入りだよ。どういう事情かカタギを装ってるが、杯は交わしてるって話だ。でなきゃとっくに郷田のオヤジに潰されてるぜ！」

（大親分の、お気に入り……？）

ヤクザの組織について詳しく知っているわけではないが、大親分というからにはたぶん相当な地位の人物だろう。それに「杯を交わす」というのは、正式にその道に入るという意味ではなかったか。

浪川は装いからしていかにもな雰囲気を醸し出してはいるが、ヤクザにかかわって時間を無駄にするなと強く言われたせいで、律は彼をカタギの人間なのだと思っていた。

動揺が表情に出たのか、坂口が意外そうな顔をして言う。

「なんだ、知らなかったのか？　あの野郎、今でこそ澄まして実業家ぶってやがるが、若い頃はかなりの武闘派だったらしいぜ。ケツモチの店荒らした半グレのガキども、一人で二十人からぶちのめして病院送りにしたって話だ。ま、昔の話だがな」

坂口の話にクラクラしてくる。

まさか浪川にそんな過去があったなんて思わなかった。というかその感じだと、今でも組織の中で力を持っているのではないか。

ヤクザを憎らしく思っているのに、よりによってヤクザの愛人まがいをやっていたなんて――。

「まあしかし、北園の大親分も年だし、なんだかやっかいな病にかかって伏せってるらしいからな。もう跡目争いも始まってる。浪川の旦那をよく思ってない幹部もそれなりにいる。おまえもせいぜい、身の回りにゃ気をつけるんだな」

坂口がにやりと嫌な笑みを見せる。肩をいからせて去っていく坂口を、律はおののきながら見送っていた。


(浪川さん、本当にヤクザなのかな)

突然降って湧いた黒い疑惑に、律はすっかり動揺していた。

父を追い詰め、由美の時間を止めたヤクザを、律は心から嫌っていたし、人の弱みにつけ込んで甘い汁を吸うヤクザの存在自体を、許せないと思ってきた。

なのに知らぬ間にその手にすがり、体まで委ねていたのだろうか。汚れた金で学生生活を送り、何度も抱かれて恥ずかしく達き乱れていたのだろうか。

もしそうなのだとしたら、とても両親に顔向けできない。

どうしたらいいのだろうと悶々と考えながら、下宿に帰ってくると。

「っ!」

いきなり携帯電話が鳴ったので画面を確認すると、浪川からの着信だった。

向こうから電話が来るのは、そう頻繁にあることではなかった。何事かと出てみると、浪川の通りのいい声が聞こえてきた。

『よう、律。今、どこにいる？』

「ええと、家に、いますけど」

『そうか。実は今夜、少し時間ができたんだ。よければ今から出てこないか？』

思いがけない誘いの言葉に、驚きを覚える。

もうすぐ六時になろうかという時間だ。いつも律が浪川の家に行くのは夜中なのに、こんなに早くから来いだなんてなんのつもりだろう。別に今、発情もしていないのに。

（……ちょっと、怖いな）

今までなんの疑いも抱いていなかったのに、坂口に話を聞いたせいで、もしや浪川はヤクザなのではと不安になる。

律は携帯を持つ手が汗ばむのを感じながら、恐る恐る訊ねた。

「あの、浪川さん」

『なんだ？』

「あなたは、その……、本当は、ヤクザなんですか？」

単刀直入すぎる質問に、浪川がひと呼吸黙った。それから静かに問い返してくる。

『いきなりどうした。誰かに何か言われたか？』

浪川の声からは感情の変化などは感じられない。でも否定も肯定もしない答えに、余計に疑念が濃くなる。律は妙な喉の渇きを覚えながら言った。

「昔、俺の父は借金をしていました。母によれば、ヤクザの資金源になっている闇金融からだったそうです」

浪川にお金を出してもらう前に、自分が父を亡くしていて経済的に困窮している現状と、母が心を病んでいることを話してはいたが、その理由までは言っていなかった。

律の話に少し驚いたのか、浪川が電話口で黙る。律はかまわず言葉を続けた。

「厳しい取り立てに追い詰められて、ある日父は、家族との無理心中をはかって自動車事故を起こし、亡くなりました。母が精神疾患で入退院を繰り返しているのは、そのせいなんです」

父の知り合いの「T」は当然知っていたが、自分の家に起きた過去の話を、誰かにここまで話したことはなかった。

ショッキングな話だし、驚いてどういう顔をしていいのかわからなくなってしまう人がほとんどだから、親しくなってもなるべく黙っていなさいと、律は祖母にずっとそう言われてきたのだ。

でも話さなければ、自分がヤクザという存在を受け入れられない理由を、きちんとわかってはもらえないかもしれない。律はぐっと拳を握って話を続けた。

「俺は、父を追い詰めたヤクザが許せないんです。もしもあなたがそういう人なら、これ以上あなたとかかわるわけにはいかない……、かかわりたくないんです」

勇気を出してそう言うと、浪川はすっかり黙ってしまった。

重い話だけに、やはり当惑させてしまっただろうか。

だがややあって、浪川がいつもと変わらぬ調子で答えた。

『……そうか。おまえの気持ちはもっともだ。そんな過去があったら、そりゃ、ヤクザを恨むようにもなるだろうな』

飄々とした口調で、浪川が続ける。

『だがもしも俺がヤクザで、俺と縁を切りたいと思ったら、おまえは今すぐ金を返さなきゃならないな？』

「えっ」

『そうでなくても、俺はおまえの学費出資人だ。たまの誘いに応じてちょっと会うなんてのは、せいぜいが浮世の義理ってやつじゃないか？』

「……そ、それは、そうかもしれないですけど……」

それ以上言い返せず、言葉に詰まってしまった律に、浪川が言う。

『誰に何を吹き込まれたか知らんが、とりあえず迎えの車をやるから着替えて待ってろ。

スマートカジュアルくらいでいいかな、ドレスコード的には』

「ド、ドレスコードっ？」

『じゃあな。いいか、逃げるなよ？』

「浪川さん、あのっ……？　あ、あれ？　浪川さんっ？」

さっと通話を切られてしまい、困惑してしまう。

どうしていきなりドレスコードが出てくるのだろう。浪川は自分をどこに連れていくつもりなのか。しかも逃げるな、だなんて。

どうすべきなのか判断がつかないまま、律は携帯の画面を凝視していた。


三十分ほど経ってから、律の下宿の傍にいつもの車が迎えに来た。

運転手にどこへ行くのか訊ねてみたが、どうやら秘密らしく答えてはもらえなかった。

なんとなく不安を感じるけれど。

(もしかしたら、夕食に誘われただけかもしれないし)

「スマートカジュアル」はアルバイト先の浪川のレストラン「シエル」のドレスコードと同じだ。

ひょっとしたらどこか洒落た店で食事でも、という誘いなのかもしれないと、電話のあと律は気づいた。

とりあえず手持ちのネイビーのジャケットと襟付きの白シャツに、ブラックのパンツを合わせてみたが、これでいいのか自信はない。

ある意味今の状況の何もかもが、律にとってはそうなのだが。

（……ヤクザだなんて疑って、失礼だったかな？）

坂口が言ったことに惑わされてしまったが、いきなりあなたは本当はヤクザなのか、なんて訊ねるのは無礼だったかもしれない。

でも本当にヤクザなのだったら、両親に顔向けできない。助けてもらっている身ではあるが、そこはどうしても確かめなければならないところだという気がするのだ。あんなに直接的な訊き方でなく、もう少し遠回しに訊ねる方法はないものか。

ぐるぐると考えていると、やがて車が、古い民家のような控えめなしつらえの門の前に止まった。運転手に促され、車を降りて門をくぐって入っていくと、玉砂利が敷かれた通路の向こうに趣のある日本家屋が見えた。

どこにも表札などはなかったが、雰囲気からすると料亭みたいなところか。

中から和服の女性が出てきて、律を迎える。

「いらっしゃいませ。今泉様でいらっしゃいますね？」

「は、はい」

「浪川様から承っております。どうぞ、中へ」

案内されるまま、靴を脱いで建物の中へと入っていく。

長い廊下が続く建物の内部には、廊下に沿うように水路が造られ、金色に輝く鯉が泳いでいた。壁には書がかかっていて、何かお香のようないい香りがする。

（こんなところ、初めてだ……）

ここはいわゆる、高級料亭といわれるような店なのではないか。

自分は場違いなのではと感じて、気後れしながら女性についていくと、やがて襖の前に案内された。女性が声をかけると、中から返事があった。

緊張しつつ、開いた襖から部屋の中を覗き込むと。

「よう、来たな」

そこは八畳ほどの座敷だった。右手には襖、そして奥には、灯籠のような明かりに照らされた幻想的な庭が見える。

浪川はスーツの上着を脱いでくつろいだ様子で、部屋の中央の長い座卓についており、グラスで冷酒か何かを飲んでいるみたいだ。律の姿を上から下まで眺めて、浪川が言う。

「ふむ、なかなか悪くない格好だな。おまえはそういうきっちりした服装もよく似合う」

「あ、あの、いきなりなんで、こんな？」

「たまにはこういうのもいいだろう？　さあ、遠慮せず上座に座ってくれ」

律にそうすすめてくる浪川の様子は、特にいつもと変わらない。律はおずおずと浪川の向かいに腰を下ろして訊ねた。

「……ここ、高級料亭かなんかですか？」

「こういうところは初めてか？」

「もちろんです。でも、どうして急に……？」

「ん？　何か変か？　世話してる人間は大切にしたいってだけなんだが」

(世話してる人間、て)

そういう言い方も、なんとなくヤクザ風だ。やはり浪川はそうなのか。

拭いがたい疑念を抱いて顔を見つめると、浪川が困ったような顔をした。

「なんだ。やっぱりまだ気になってるのか、俺がヤクザかどうか？」

「……それは……、少し、だけ」

「今日呼んだのは、日頃の労をねぎらってやりたかっただけだ。それにもうすぐ試験だろう？　激励の意味もある。素直に受け取れよ」

ねぎらいと、激励。

苦笑気味にそう言われて、ハッとなった。

考えてみたら、今まで誰かにそういう形で何かしてもらったことがなかった。

アルバイトや学業に勤しむ律の毎日を見て、そうしたいと思ってくれたのなら、それはとても嬉しいことだ。

坂口の話で動揺してしまったが、浪川はいつもと変わらぬ様子だ。

電話でなんとなく打ち明けるにはどう考えても重すぎる、今泉家の過去の話をいきなり律から聞かされて、内心ひどく驚いているかもしれないのに、ただ親切心と真心を持って接してくれている。

それを目の当たりにしたら、だんだん彼がヤクザかどうか疑っている自分のほうが、普通じゃないみたいな気持ちになってきて……。

「……失礼いたします」

入ってきた襖の向こうから声がかかり、細く開いて先ほどの女性よりも少し貫禄のある女性が顔を出した。

「浪川様、ようこそいらっしゃいました」

「やあ、世話になるな、女将」

「いえいえ。もうお料理をお持ちしても？」

「ああ、頼む。こいつに食の大切さってものを存分に教えてやってくれ」

(食の大切さ？)

なんとなく意外な言葉だ。

一応、食事が大事だということはわかっているつもりだし、こんないかにも高級なお店で食事をするのは、そういう本質的なことを感じるためというよりも、単純に贅沢を楽しむためなのではと思っていたのだけれど。

「律。おまえ、忙しさにかまけてずいぶんと食事をおろそかにしてきたみたいだな？」

「え」

「うちの店のやつが、えらく心配してたぞ？　米とふりかけで三食すませるとか、パンに塩振って食うとか、そういうことをやってるんだろ？　俺も若い頃は食うに困っていたこともあったが、それを聞いたらさすがに不安になってな」

「あ……」

恥ずかしい食事情を知られてしまったことに驚いて、かあっと頬が熱くなる。

浪川が笑みを見せて言う。

「ま、それも仕方のないことだったんだろうさ。今まではな。だがこの俺が面倒見てるんだ。これからは、ちゃんとまともなものを食わせてやらないとな」

「浪川さん……」

子供の頃から母の心身の調子が悪く、祖母との同居もほんの短い期間で終わってしまったから、家庭料理というものに人よりなじみが薄いのは自覚している。

学生になってからもアルバイトに勉強にと追われてきたから、ずっと食事は二の次、腹が膨れればいいだろうくらいに思っていたところも確かにあった。

そんな律のことを、店の同僚も浪川も気にして、心配してくれている。

それが伝わってきて、なんだか心が温かくなる。

「夏野菜もそろそろ出盛る頃だ。魚は、鮎なんかが旨い時期だな。ま、楽しんでくれ」

浪川がそう言って、グラスの冷酒を飲む。

思いがけない気遣いをもらい、律は嬉しい気持ちで浪川の顔を見つめていた。


「……この鮎、やっぱりいいですね」

「気に入ったか？」

「はい。すごく、美味しいです……！」

しっとりと軟らかい、鮎の薫製仕立て。

その香ばしい美味しさに、律は思わずため息をついた。浪川もうなずいて言う。

「確かに、少し目先が変わっていていいな。フレンチだとスモークはそれなりに見かけるが、和食だと一夜干しが多いし」

「この、白いお魚も好きです。ええと……？」

「鱧か？　見た目もさっぱりとした味わいも、今の季節にはぴったりだな。梅肉のたれを添えることが多いが、これは少し、柚の香りが効いているか？」

まるで探り当てるみたいに、浪川が言う。

意識して食べてみると、確かにそんな香りがする。こうやってじっくりと料理を味えば素材の味がよくわかるのだと、新鮮な気持ちになる。

(こんなふうに食事するの、初めてかもしれない)

大げさでなく、懐石料理は生まれて初めて口にする。

最初に運ばれてきたのは、先付と呼ばれるいわゆるお通しで、夏果の無花果を蒸して白味噌で味付けした、ふろふきのような食べ物だった。

果物としてしか知らなかったから、その優しい味わいにのっけから驚かされた。

それから、鮎や鱚などの旬の魚や夏野菜を使った数種類の料理が少量ずつ並ぶ、ちょうど前菜の盛り合わせのような一皿と、小さな可愛らしいお寿司を食べた。

それぞれ、八寸とお凌ぎというのだと、浪川が教えてくれた。

ほかにも、白身魚や海老、椎茸などを花のように形よく盛った椀物は梅椀と呼ばれ、魚の刺身のことはお造り、皿を配膳する位置から、酢の物、和え物などとともに向付と呼ばれていること。

野菜の炊き合わせに入っていたふわふわした美味しいものは、魚のすり身と山芋と卵白で作られた、真薯という食べ物であること――。

懐石料理のことは何も知らない律に、浪川は一つ一つ丁寧に説明してくれ、味わい方を教えてくれる。そういう経験も、律には初めてだ。

料理の美味しさはもちろん、それが何より嬉しくて、律は思わず言った。

「いいですね、なんだかこういうの」

「ん?」

「とても美味しいものをいただいて、その一つ一つの作られ方とか名前とか、知らなかったことを教えてもらって……。そういうこと、初めてで、すごく楽しいです」

素直な気持ちを告げると、浪川が笑みを見せた。

「そう言われると、連れてきたかいがあるってもんだな。食事ってのはエンタテインメントだ。楽しんでもらえるのが一番だよ」

浪川が言って、おかしそうに続ける。

「そういや店のやつが、おまえはいつもそれは旨そうにまかないを食うから、ある意味客に出す料理よりも作りがいがある、なんて言ってたな」

「そ、そんな、ことを……？」

「ああ。俺も今、その気持ちを理解して噛み締めてるところだ。おまえは本当に幸せそうに飯を食うからな」

そう見られていたなんて知らなかった。なんだかみっともなくがっついているみたいで、少しばかり恥ずかしくなってくる。

頬が熱くなるのを感じている律に、浪川が優しく言う。

「そんな顔しなくてもいいさ。飯が旨いってのは、そのまま生きる喜びだ。何も恥ずかしがることなんてないだろうが」

「生きる喜び、ですか？」

「そうだ。だからこそ俺も、飲食店経営にこだわって商売をやってる。おまえも今、それを身をもって体感してるんじゃないのか？」

正直なところ、そんなふうに考えてみたこともなかった。

父をああいう形で失い、母もあんなふうだから、というのはもちろんあるが、日々の生活に追われて余裕がなかったのも大きいかもしれない。

唯一何か考えるのは「T」からの手紙を読むときで、ぼんやりとだが生きる意味だとか楽しみだとかを思索する瞬間があった。

でも何しろ手紙は文字だったから、空想を広げてみることはできても、こうして実感することは難しかった。「T」がいつでも親身になって律を気遣ってくれていることはよくわかっているし、励まされてもきたが、実際に顔を見たこともなければ話したこともない。

今にして思うと彼がどんな人なのか実像がわからない、というのも、実感するのが難しい理由の一つだったかもしれない。

けれど浪川は目の前にいて、律と同じ時間と空間を共有している。

自分は今、確かに人とつながっていて、だからこそこんなにも食事が楽しく、それが生きる喜びに真っ直ぐにつながっているのではないかと、なんだかそんな気がしてくる。

(浪川さんは、どんなふうに生きてきたんだろう?)

彼の過去について知っていることは、天涯孤独の身の上だということだけだ。

もっと、浪川のことを知りたい。ちゃんと彼を知って、その上で付き合いを続けていきたい。今までになく強くそう感じて、律は言った。

「あの……、さっきはすみませんでした。電話で、おかしなことを言って」

「おかしなこと？」

「ほんとはヤクザなのか、とか……。俺の昔の話も、話すと人を驚かせて、どうしていいかわからなくさせてしまうから、あんなふうにしゃべらないようにしていたのに」

申し訳ない気分でそう言うと、浪川が小さく首を横に振った。

「気にするな。人の数だけ事情がある。過去がどうあれ、今のおまえは今のおまえだろ？」

「そう言ってもらえると、ちょっとほっとしますけど……」

それはある意味、律にも浪川の過去を探るなという話にもなる。内心、ちょっと訊ねづらくなってしまったなと思っていると、浪川が何げない様子で言った。

「ふむ、そうだな。おまえが気兼ねしなくていいように、俺も少し昔の話をしようか」

「え……」

「前に言ったと思うが、俺は天涯孤独の身の上でな。物心ついたときには児童養護施設にいて、十代の半ばまでそこで育った。捨てられていたのを保護されたとかで、親の顔も知らないんだ」

思いがけない告白に、目を見開いた。

この社会でアルファ性として生まれるということは、それだけで成功を約束されていると言っても過言ではない。誰からも祝福されて生まれてくるであろうアルファ性でも、捨てられたりするのか。

驚いていると、浪川がチラリとこちらを見て、かすかなためらいを見せながら続けた。

「正直に言えば、過去に後ろ暗いところがないわけじゃない。人に言えないようなことをして糊口をしのいでいたこともあった。だが人の縁に恵まれて、正道に立ち返ることができた。おまえと同じように大学に行って、一から経営を学んだからこそ、今がある」

「浪川さん……」

「過去は消せないし、忘れてはならないことも確かにある。だがその負い目は、今を真剣に、懸命に生きることでしか拭えない。だったら受け取った恩を返す相手も、今目の前にいる誰かがいいんじゃないか。俺はいつしか、そう思うようになったんだ」

――目の前にいる、誰か。

それは自分のことだろうか。浪川が律によくしてくれるのはやはり善意からで、それはいわば、恩送りなのだろうか。

ヤクザなのかもしれない、という疑いだけで、浪川の全部を否定したり拒絶したりするのは、どうやら浅い考えだったみたいだ。

誰もが自分のことに必死で、周りを見る余裕なんてない人のほうが多いだろうに、そんなふうに考えて他人に親切にすることができるなんて、浪川は本当に心の大きな人なのかもしれない。何やら感銘を受けていると、浪川が軽く肩をすくめた。

「もちろん、商売が上手くいったのは俺がアルファで、受け入れてくれる社会環境や気力体力に十分恵まれていたからだというのは否定しない。おまえはオメガだし、体質的にも不利なことは多いだろう」

そう言って浪川が、律を真っ直ぐに見つめる。

「でも、おまえならやれる。うちの店での仕事も学業も、おまえが一切手を抜いていないことを俺は知っている。だから俺はおまえを助けてるんだ。おまえにも、望む人生を生きてほしいからな」

手放しの称賛と激励の言葉に、なぜだか泣きそうになった。

「T」以外の誰かに、自分の努力を認めてもらったことはなかった。将来に夢を抱けるような励ましをもらったこともない。

律をきちんと見てくれているこの人を、もう少し信用してもいいのではないか。

なんだかだんだん、そんな気持ちになってくる。

「……お、そろそろ焼き物が来るな」

「やきもの？」

「焼いた魚さ。蒸し物も来るかな。そのあとは肉だ。俺はもう少し、酒を飲もうかな」

浪川が穏やかに言う。

この楽しい会食はまだまだ続く。それをとても嬉しく思いながら、律は浪川の精悍な顔を見つめていた。


「ごちそうさまでした。はあ、美味しかった……。さすがにお腹がいっぱいです」

「それは何よりだ」

「メモ、ありがとうございます。野菜の名前はともかく、こんなにたくさんの魚ヘンの漢字、どうやって覚えたんですか？」

「商売を始めてから、自然とな。元々雑学的なことにも興味があったから、いつの間にか覚えていたよ」

銀鱈の西京焼きに鱸の蒸し物、和牛のフィレステーキ、鰻の炊き込みご飯、赤だしに香の物――。

その後も美味しいものが次々と出てきて、律は最後の水菓子まで、たっぷりと堪能した。

食後のお茶をいただきながら、今日食べた料理の数々を覚えておきたいと言ったら、浪川が端から紙にメモしてよこしてくれた。

それを一つ一つ見ていたら、どうしてかすごく幸福感が湧いてきたので、律はほう、とため息をついて言った。

「……ああ、なんだか俺、ものすごく幸せです」

「そりゃよかったな」

「ほんとですよ？　十九年生きてきて、今が一番幸せかもしれません。踊り出しちゃいたい気分です」

どちらかというと運動は苦手で、衝動のまま体を動かすようなことはないのだが、どうしてか今はそんな気分だ。好きな音楽の節を思い浮かべているうち、知らず鼻歌を歌っていたようで、浪川がおかしそうに笑う。

「はは、おまえ、本当に上機嫌だな。そんなに楽しかったのか？」

「はい、それはもう！」

「……いや、待て。おまえ、顔が赤くなってきたぞ？　酒でも飲んだみたいだ」

「え。俺、お酒なんて……」

否定しようとしたが、そういえばなんだかちょっと変だ。体がふわふわして、視界もゆらゆらと揺れている。こんな感覚は初めてだが、いったい……？

「律。まさかとは思うが、もしかして、最後のあれのせいか？」

「あれって？」

「ほら、メモを見てみろ。確かに酒は飲んでないが――」

「……あ」

浪川が書いてくれた料理のメモに目を落として、はたと気づく。

最後に出てきた水菓子は、季節の果物の桃、それに赤ワインのゼリーだった。

赤ワインそのものの味は知らないが、ゼリーには少し苦みというか、喉が熱くなるような感覚があって、大人の味わいだなと思っていたのだが。

「で、でも、デザートに入ってるアルコール程度で、こんなふうになりますかね？」

「奈良漬けや粕汁を食べただけでも、酔うやつは酔うからな。もしかしたらおまえは、相当な下戸なのかもしれない」

「下戸……？」

まだ十九だし、酒など飲んだことがないからわからなかったが、そういう可能性は確かにあるだろう。頬に両手で触れてみると、少し熱くなっていた。

浪川がふふ、と笑って言う。

「……そうか、おまえは下戸なのか。なんというか少し、残念だな」

「え、どうしてです？」

「俺は、いつの日か、おまえと酒を酌み交わせる日が来るといいなと思っていた。どうやらその夢は叶いそうにないな」

そう言って浪川が、かすかに甘い声で続ける。

「まあしかし、そういう顔も色気があって悪くはない。薄紅色で艶っぽくて……、酒の肴にじっくりと眺めていたくなる顔だ」

「……な、なんか、恥ずかしいですっ。そんなまじまじ見ないでください！」

両手で顔を隠すと、浪川が声を立てて笑った。

こんなふうにからかわれるなんて、本当に気恥ずかしいけれど。

(なんだかちょっと、不思議な言い方だな)

あと半年もすれば、律も二十歳になる。下戸かどうかは別として、一緒に酒を飲める日自体は、そう遠い未来の話でもないはずだ。

それなのにいつの日か、だなんて、まるで親が子供に言うみたいな言葉だ。そこまで長い付き合いでもないのに、どうしてそんなふうに思うのだろう。もしや浪川は、律とこれから先も長く付き合っていきたいと、そう思ってくれているのだろうか。

人助けだと、浪川は言った。律は彼にとっての恩送りの相手なのだろうし、こちらから見たら、実質援助交際の相手みたいなところもあって、そこは律自身もいくらか気にしているところではある。

でも、もしかしたら浪川は、律とそういう関係でなく、もっと踏み込んだ親しい間柄になっていきたいと思ってくれているのだろうか。

今よりもさらに親密で、遠い先の未来すら感じさせるような、そんな関係に……？

「……っ……」

浪川の言葉の意味をつらつらと考えていたら、不意にドキドキと心拍数が上がり始めたから、律はハッと息をのんだ。

酔いのせいもあるのか、頭も熱くなってくる。それだけでなく、体の芯がかすかに潤んでくるみたいな感覚も――――。

「……どうした、律？　大丈夫か？」

気遣いを感じる、浪川の声。顔を覆っていた手を離し、ゆっくりと顔を上げると、こちらを見ている浪川と視線が重なった。

状況を察したのか、浪川が目を細めて言う。

「少し、匂ってきたな。もしかしておまえ……？」

「そ、んな……、こんなところで、なんて」

自分でも信じられないが、どうやら発情フェロモンが出てきているみたいだ。せっかく楽しい時間を過ごしていたのに、最後の最後でこんなことになるなんて。

「なかなかスリルがあるな、何がきっかけでいつ発情するかわからないってのは」

「ご、ごめんな、さ……！」

「謝ることはない。この店なら大丈夫だ。別に予想していたわけじゃないが……、ふふ、ここを選んでおいてよかったよ」

「……？」

浪川がなぜか忍び笑いながら立ち上がり、襖のほうへ歩いていくので、どういう心づもりなのかと目で追うと、浪川がスッと襖を開け放った。

そこは続き間になっていて、どうしてか布団が一組敷いてある。

個室に寝室がついた料亭。それは──。

「……！　あ、あのっ、もしかしてここって、そういうお店だったんですかっ？」

「そういう……、というか、これもサービスのうちというか？」

「で、でもあのっ、俺、ぜんぜんそんなつもりじゃなかったしっ」

「けど、発情しかかってるのは確かだ。ちょうどいいから酔いと一緒に鎮めてやるよ」

「ええっ……！」

ひょいと抱き上げられて続き間に連れていかれ、敷布団の上に身を横たえられて、かあっと頭が熱くなった。

まさかこんなところでことにおよぶなんて思ってもみなかったし、心の準備もできていない。

でも衣服の上から体を撫でられたら、それだけで体が火照ってきて、前も後ろも反応し始めたのがわかった。

浪川が、欲しい――――。

律の中でオメガの本能が目覚め、欲情して全身がざわざわとざわめく。

いきなりの展開に対する戸惑いも、店の人に声が聞こえてしまいそうな場所であることも、律の思考からさあっと押し流され、ただ目の前の浪川しか見えなくなっていく。

潤んだ目で浪川を見上げながら、自ら衣服を緩めると、浪川もシュルリとネクタイを外し、シャツを脱ぎ捨てて律の体に身を重ねて口づけてきた。

「ぁ、んっ、ん、ふ」

甘くて熱い浪川の舌。肌の上を這う大きな手の温かさ。彼の匂い。

すべてが律を悦ばせ、興奮させる。美味しい料理を味わうのと、それはとてもよく似ているけれど、こちらは満腹になるということがない。

キスを味わい、たくましい首に腕を回してしがみついたら、浪川が律のシャツをはぎ取り、下着ごとパンツを脱がせて肢から抜き取った。

そうして彼も衣服をすべて脱ぐ。

「……ぁ、あっ……！　そ、れ、欲し、いっ、浪川、さんのっ」

露わになった浪川の剛直のボリュームに、窄まりがヒクヒクといやらしく疼くのを感じた。浪川がそこを指で優しくまさぐって、楽しげに言う。

「いつもより熱くて、柔らかいな。俺の指も、ほら、こんなにするっと入る」

「あ、ぁんっ！　ン、ん……！」

一本、二本と、順に後孔に指を沈められ、中を優しくかき混ぜられて、裏返った声が洩れそうになったから、慌てて両手で口を押えた。

律の後ろはもう、愛蜜でとろとろになっていて、付け根まで沈めた指を浪川が動かすたび、ぬちゅぬちゅと水音が上がってくる。

早く挿れてほしくて腰を揺すると、浪川が微笑ましげな目をして言った。

「おまえがそんなふうに欲しがってくれると、俺も嬉しいよ。もっともっと、悦ばせてやりたいと思う。おまえの身も、心も」

浪川が言って、枕の下に手を入れる。これもサービスのうちなのか、そこにはコンドームが忍ばせてあった。自身に丁寧にそれをかぶせながら、浪川が言う。

「そうか、今日はねぎらってやるつもりで呼んだわけだし、ここでおまえをとことんまで悦ばせてやるってのもいいな」

「とこ、とん？」

「ああ。食と性とはどちらも満たされるべきものだ。さあ、俺を食らえよ、律」

「あっ、んぅ、ううぅっ……！」

開いた肢の間に腰を進められ、潤んだ後孔にぐぷりと熱杭を挿れられて、慌ててまた口を手で塞いだ。

みっしりとした男根をゆっくりと肉筒におさめられただけで、危うく達してしまいそうだ。こらえようとして足に力が入り、腿がガクガクと震える。

「すごいな。中がきゅうきゅう締まって、俺に吸いついてくる。おまえのここが喜んでくれているのがわかるよ」

「な、みかわ、さっ……」

「ああ、引き込まれるっ。おまえが、食らいついてくる……」

「うう、うっ、ンンッ」

緩やかな動きで中を擦られ、甘い喜悦に身震いしてしまう。

大きくて硬くて、とてもボリュームのある浪川の雄。圧倒的な彼自身が、律の内壁を余さず擦り上げ、熱く潤《ほと》びらせて熟れさせる。

まるで律を内から熱してくるみたいだ。美味しくいただかれるのはこちらではないのかと、そんな気持ちにもなってくる。

「顔もますます赤くなってきた。もっと近くで眺めたいな」

浪川が笑みを見せて言って、律の背中に手を入れる。そのまま体を抱き起こされ、腰の上に座らされたから、律は思わず悲鳴を上げた。

「ひっ、ぁあっ……！」

自重で沈む体の奥の奥まで浪川の雄が満ち、亀頭球が窄まりを塞いだ次の瞬間。

腹の底からざあっと快感の波が溢れ出して、律の意識を大きく揺さぶってきた。

「っ――――」

予期せず絶頂を極めてしまい、声もなく上体がのけぞる。

ぷるぷると肢を震わせながら白蜜を吐き出すたび、後ろをきゅうきゅうと締めつけてしまうのか、浪川が小さくうなる。達きながら顔を見つめると、浪川が苦笑した。

「ふふ、参ったな。なんていい顔で達くんだ。その顔だけで、持っていかれそうだ」

そんなふうに言われると、自分はいったいどんな顔をしているのかと、少しばかり気恥ずかしくなる。

でも向き合った体位だから、浪川の精悍な顔もいつもより近くに見える。

酒を飲んでいるせいか、律を見つめる浪川の目は少しだけ潤んで見える。漆黒の瞳の奥には劣情の色も見て取れるが、慈しみの情みたいなものもほんのり覗く。

かすかな憂いを感じる表情からは、大人のアルファ男性の色香がいつになく漂って、見つめ合っているだけで体の芯が溶けてきそうだ。

もっと、欲しい。たくさん気持ちよくして、何度でも達かせてほしい。

魅入られたみたいに瞳を見つめると、浪川が察したように、目を合わせたまま律の双丘に手を添え、腰を使い始めた。

「ん、んっ、はぁ、あ……」

達したばかりの後ろを下から深く穿たれて、鮮烈な快感で頭の中がピンクに染まる。

美味しいものを食べるのと同じくらい、体には素直な悦びが満ち、体中の細胞が沸き返るみたいな感覚がある。もっと味わいたくて自ら腰を揺すると、浪川もそれに応えて、感じる場所を切っ先でぐいぐいとなぞってくる。

律の体を知り尽くした浪川の的を射た動きに、我を忘れてしまいそうだ。

「あ、あっ、い、ぃっ、気持、ちぃ」

「ここか？　それとも、こっちか？」

「ひっぅつ、お、くっ、お尻の、奥、がっ、んんっ、！　ふぅ、うっ……！」

いいところをガツガツと突き上げられ、恥ずかしく叫びそうになったから、浪川の肩に口唇を押しつけて声を抑える。すると浪川が、律の首筋や耳朶に口づけてきた。

「っ……、ん、ん！」

肩のあたりにかすかな疼痛を覚え、小さく叫びそうになったから、口唇を結んで声をこらえる。どうやら肩にキスマークをつけられたみたいだ。

最初こそすまなそうにしていた浪川だが、情交を重ねるたびに、その数が増している。嫌だというわけではないのだが、何しろ浪川はアルファだから、いつかその調子で首を噛まれるのではないかと、ほんの少し不安になる。

だが浪川は、それにはあまり気づいていない様子で、チョーカーの上から首にキスをして、甘くささやいた。

「声を抑えるなよ、律」

「ん、んっ、で、もっ」

「これもまた生きる喜びってやつだ。恥ずかしがることなんてない」

律の体を力強い腕で抱きすくめて、浪川が続ける。

「おまえは真面目に勉強して、働いて、俺の腕の中ではただリラックスして、よがっていればいい。おまえは可愛いよ、律」

「……ン、んあっっ！　ああっ、はあっ、あああ……！」

逃れられぬほどきつく抱き締められ、下から激しく剛直で突き上げられて、もはや声をこらえることもできずに啼き乱れる。

快感が呼び水になってさらに溢れ出した発情フェロモンのエロティックな匂いと、愛蜜が熱棒に絡まる淫靡な水音、そしてどこまでも淫らに響く甘い嬌声。

店の人に知られるのは恥ずかしいと焦るけれど、自分ではもう止めようもない。

浪川も行為に耽溺し始めたのか荒い息をして、律を激しく追い立ててくる。

胸に口唇を押しつけられてきつく吸われ、律のしっとりと潤んだ肌に、またキスの赤い花が咲く。

（これも、生きる、喜び……！）

浪川は、どうしてそれを律に教えてくれるのだろう。

彼にとても可愛がられているのは確かだと思うけれど、自分なんかになぜそこまで、と不思議に思わなくもない。

自分はただの平凡な学生で、特異で面倒な体質のオメガなのに———。

浮かぶ疑問も、快楽に押し流される。浪川との甘美な情事に、律はどこまでものめり込んでいくのを感じていた。


「……わっ」

「おっと。大丈夫か？」

「は、はい、すみません」

濃密な情交のあと、じきに酔いとともに発情もおさまった。

そろそろ帰ろうと部屋を出て、先ほどの長い廊下を鯉を眺めながら歩いていたら、足がもつれてよろめいてしまった。差し伸べられた浪川の腕につかまっていなければ、転んでいたかもしれない。律の腰をそっと支えて、浪川が訊いてくる。

「腰にきてるのか。さすがにちょっと可愛がりすぎたか？」

「だ、大丈夫、です」

「無理しなくていいんだぞ？　家まで送ろうと思ったが、よければ俺の家に――」

言いかけて、浪川がふと口をつぐむ。

そのまま、なぜか律を背中でかばうようにしながら廊下の先を真っ直ぐに見たので、どうしたのだろうとチラリと覗いてみると、向こうから男が二人歩いてくるのが見えた。

一人はダークスーツを着た、そこそこ貫禄のあるベータ男性。もう一人、チンピラ風の金髪の男は、めかしこんでいたから一瞬別人かと思ったが、よく見たら坂口だ。

先に浪川と律に気づいたらしく、坂口があっと声を出すと、貫禄のある男性もこちらを認識したらしい。眉間にしわを寄せて、低くすごみのある声で言う。

「……浪川か。こんなところで、奇遇だな」

「お久しぶりです郷田さん。本当に、奇遇ですね」

郷田、という名前には覚えがある。昼間に坂口が、ヤクザの組長だと言っていた人物。律を坂口から助けてくれたとき、浪川が元気かと確認していた相手だ。

普通に知り合いなのかと思ったが、浪川と郷田が互いを見る目は、あまり友好的な雰囲気ではない。不穏な空気が漂って、緊張感が走る。

浪川が薄い笑みを見せて、もったいぶった口調で言う。

「もっとも、お噂はちらほらと伝え聞いておりましたが。ご商売のほう、ずいぶんと手を広げていらっしゃるようで？」

「さぁて？　なんの話だかわからんが？」

「そうですか？　そこの坂口の店の件、図らずも会長さんの耳に入れることになったので、請われてちょっとばかり情報を仕入れたんですよ。郷田さんが独自に取引してらっしゃる、海外の富裕層の動向なんかをね」

「なんだと……？」

「もちろん、そのすべてを会長にお伝えしているわけではないですが。会長は目下、闘病中でいらっしゃいますから。あまり際どい話をするのもどうかと」

「貴、様っ……」

郷田が険しい顔をして、鋭い目で浪川をねめつける。

抑えてはいるが、郷田の目には激しい怒りが見える。

どうやら浪川の言葉が、彼を怒らせたみたいだ。坂口が青い顔でおろおろしているところを見ると、よほどまずい話なのだろうか。

「おっと、楽しい会食の前に無粋だったかな。では、いい夜を」

浪川が言って、律の手を引いて歩き出す。

刺すような視線を背中に感じながら、律は浪川のあとについて店を出ていった。

「……あの、浪川さん。さっきのあれ、大丈夫だったんですか？」

店を出ていつもの車で送ってもらい、下宿の近くで降ろしてもらって浪川と一緒に歩きながら、律はこわごわと訊ねた。

どう見ても剣呑なムードだったし、浪川が郷田をわざと怒らせたように見えたのも気になっている。浪川がしらばっくれるように言う。

「何か気になることがあったか？」

「ありましたよ！　あんな見るからにヤバそうな人を、怒らせるなんて」

「ヤバそう……、そう見えたかな」

「実は昼間、坂口って人から聞いたんです。あの郷田という人は、ヤクザの組長なんでしょう？」

律の言葉に、浪川が小さくうなずいて言う。

「なるほど、坂口か。それで俺もヤクザじゃないかと疑ったんだな？」

「あ……」

「まあいいさ。確かに郷田さんはヤクザの組長だ。上部組織の幹部でもある」

浪川が言って、憂うように付け加える。

「とにかく野心家でな。上に隠れて禁じられた取引で荒稼ぎしてるから、そこをちょっとつついてみただけだよ」

「禁じられた取引って？」

「おまえは知らないほうがいい」

さらりとそう言われると、なんだか逆に恐ろしくなってくる。

ヒヤヒヤしながら、下宿の入り口にある古い門灯の前まで来たところで、浪川が安心させるように言った。

「まあ、別にあの男を怒らせたところで大したことはないさ。俺は組とは無関係だしな」

「本当ですか？　確か杯がどうとか、坂口さんが言ってましたけど……？」

「あの男は俺のことをそれほど知ってるわけじゃない。噂じゃいろいろ流れてるみたいだけどな。俺が昔、屈強な若者を何人か病院送りにしたとかなんとか」

それは確か聞いた気がする。噂ということは、真実ではないということか。

「……というか、気にすべきはそこじゃない気がするな、もう」

「え？」

「おまえと俺がどういう関係なのか、坂口は知らなかったはずだが、さっきあそこで会ったことで、やつは間違いなくおまえが俺のものだと認識したはずだ」

そう言って浪川が、意味ありげにふふ、と笑う。

「だがまあそう思われるのも悪くはないな。どうせならこれからは律にも、もう少し恋人らしく振る舞ってもらおうかな？」

「こ、恋、人っ？」

思いがけない言葉に、頬が熱くなる。

まさかいきなりそう言われるなんて思わなかった。なんと答えていいのかわからず慌てている律に、浪川がからかうみたいに訊いてくる。

「なんだ、嫌なのか？」

「い、嫌、とかではっ」

かぶりを振って、律は言った。

「でもっ、やっぱり恋人っていうのは、ちょっと違うように思うんですっ、その、愛人とかならともかく！」

「……うーん？　その違いは？」

「えっ、と、そう訊かれると、困っちゃいますけどっ……！」

経済面で補助してもらっていることが大きいのか、それとも体質的な事情で抱き合っているせいなのか。浪川を恋人と呼ぶのは、律にはどこかためらいがある。

でも、恋人という響きになんとなく甘い気持ちになるのも確かで、その感情には愛人という言葉は合わないようにも思う。

どちらにしても、律には今まで恋人なんていなかったし、恋をしたことすらもなかった。恋人というのがどういう間柄なのか、自分の経験からはほとんどわからなかったから、本気でどうしていいのかわからない。

すっかりうろたえてしまい、頼りなく顔を見上げると、浪川が何か言いたげにこちらを見返してきた。探るみたいに律の目を覗き込んで、浪川が訊いてくる。

「おまえ、誰か好きなやつとかいなかったのか、今まで？」

「えっ」

いきなりの質問に戸惑って、目を丸くする。

ふるふると首を横に振ると、浪川がさらに訊いてきた。

「そうなのか？　今まで、一人も？」

「はい……」

「淡い初恋だとか、そういうのも含めてだぞ？」

「ない、です」

なんだか少し情けない気分で、消え入りそうな声で答える。

するとどうしてか、浪川が明るい顔になって、嬉しそうな笑みまで浮かべて律を見つめてきた。いったいどうして、そんな顔を……？

「……おまえ、可愛いな？」

「っ？」

「ああ、たまらん。キスさせてくれ、律」

「な、んっ……？　ん、ンっ――」

体を抱き寄せられて門柱の奥の暗がりに引き込まれ、口唇を合わせられて、ドキドキと心拍数が上がった。突然すぎて驚いたけれど。

「……ん、ん……、ぁ、んっ……」

ちゅ、ちゅ、と何度も口唇を吸われる恍惚。甘美な舌の味わいと、優しく絡まった舌の溶け合うような感触。

どうして急にキスされたのかはわからなかったが、いつになく甘いキスだ。

先ほども欲望のままにさんざん口づけを交わし、互いの熱を伝えたが、このキスはなんだかそれとは違う。体を抱く腕の力強さや、律を包み込むみたいなたくましい胸から、浪川がこの口づけを激しく求めているのが感じられる。

もう発情はおさまっていて、律のフェロモンに煽られているわけでもないのに、なぜそんなふうに……？

（もしかして、恋人みたいなキスを、求めてる……？）

浪川が律と抱き合うのは、律の発情を鎮めるためだ。キスだって性行為の一つの形だし、今まで発情していないときに交わしたことはない。

なのに浪川は熱っぽくそれを求め、口腔をまさぐって深くまで味わい尽くす。また発情してしまいそうなほどの甘やかなキスで、律を体の内から揺さぶってくるようだ。

まるで本物の恋人同士の、それのように――。

(浪川さん……、ひょっとして、俺のこと……)

キスだけで恍惚となった頭に、ふとそんな疑問が浮かぶが、あまりにもうっとりとしすぎていて、それ以上考えられない。

やがて浪川が名残惜しそうに口唇を離して、暗がりから門灯の明かりの下へと歩み出た。取り繕うように薄い笑みを浮かべて、浪川が訊ねる。

「……試験、八月に入ってすぐだったな？」

「……は、い」

「そうか。終わったらまた慰労の席を設けてやる。頑張れよ」

言葉少なに告げて、浪川が去っていく。

律は身じろぎもできないまま、ただ暗がりで立ち尽くしていた。

八月に入ると、すぐに大学の試験が始まった。

この前の秋学期は休みがちでまともに試験も受けておらず、律には実質、今回が初めての試験と言ってもいい。それだけでも緊張するのに、先日の浪川とのことが気になってしまって、なかなか心が忙しい毎日だった。

それでも、あの晩料亭で念入りに愛してもらったおかげか、体調はとても安定していた。どうにか途中で発情することもなく、無事に試験を終えられたのだった。

「……はあ。ちょっとさすがに、片づけないとな」

大学から帰宅して下宿の部屋に入った途端、律はその惨状にクラクラしてしまった。

試験勉強と試験に追われていたここ二週間ほど、律はすっかり身の回りのことをおろそかにしていたので、ちょっと人には見せられないような乱れっぷりだ。

明日からまたアルバイトも始まるし、その前に掃除をして溜まった洗濯物を洗いたい。この間料亭に行ったときに着たジャケットも、いいかげんクリーニングに出さなければ。

律はため息をついて、まずは洗濯物を洗濯機に突っ込み、スイッチを入れた。それから敷きっぱなしの布団を上げ、畳敷きの部屋をほうきで掃く。

だがハンガーにかけておいたジャケットを外したところで、ふと手が止まってしまった。

「……これ、浪川さんの、匂い……？」

あの日は料亭で食事だったので、たぶん彼は香水などはつけていなかったはずだ。

でも律のジャケットからは、ほんのかすかに彼のスパイシーな香りが漂ってくる。

その香りを嗅いだ途端、あの甘い口づけの味わいや感触が脳裏によみがえってきたから、律は小さく喘いだ。試験中は、なるべく考えないようにしていたのだけれど。

（浪川さん……、やっぱり、俺のこと……？）

人助けだと言い、抑制剤の代わりだと言って、何度も律を抱いてきた浪川。

でも冷静に振り返ってみると、やはりなんだかそれだけではないような気がしてくる。

金銭面での援助を含め、客観的に言って律はかなり可愛がられていると思うし、もしかしたら本当に彼に好かれているのではと感じるのだ。

けれど、浪川は律よりもずっと年齢が上だし、もろもろ経験値も比較にならない。言ってしまえば大人と子供くらいの差がある。

しかもアルファの実業家で、容貌も立ち居振る舞いも、周りが放っておかなさそうなくらい洗練されている。そんな男性が、自分のようなこれといった特徴のない、ごく平凡なオメガを好きになるだろうか。

改めて考えてみると、それはかなり疑問だ。

恋人らしく振る舞ってもらおう、という言葉にしても、あくまでらしくであって、恋人にすると言われたわけでも、そうなれと言われたわけでもないし……。

「……あ、これ、忘れてた！」

ぐるぐると考えながら、ジャケットのポケットを探っていたら、浪川にもらった料理の名前が書かれた紙が出てきた。

うっかりクリーニングに出してしまわなくてよかったとほっとしながら、畳まれていた紙を広げて見てみる。

無花果のふろふき風、鮎の薫製仕立て、鱧の湯引き――。

ボールペンで書きつけられた文字を追うだけで、美味しくいただいた料理の数々が鮮やかに思い出される。

長年「T」と手紙のやりとりをしていたせいか、律は手で書かれた文字をしみじみと味わうのが好きだ。現代人は文章を携帯やパソコンで打ち込むことが増えたせいか、手書きの文字が整っていない人も多いが、浪川の字は丁寧で美しい。

日々書き慣れた感じの、とても折り目正しい……。

「……あ、れ……？」

ふと感じた既視感に、律はハッとした。

かな文字の伸びやかさや柔らかさ、漢字のとめ、はね、はらい。

この間もらったときは赤ワインのゼリーで酔っていて、その上発情してしまったので、まったくそれどころではなかったのだが、いわゆる楷書体に似た浪川の手書き文字は、「T」の書く字にとても似ている。

そのことに今さらのように気づいて、鳥肌が立った。

慌てていつもの菓子の缶を出してきて、何度も読んできた「T」からの手紙を引っ張り出し、浪川がくれたメモと並べて見比べてみる。

ひらがなやカタカナの形、漢字の旁《つくり》の書き方、細かい部分の省略の仕方。

万年筆とボールペン、縦書きと横書きという違いはあるが、二つをよくよく見てみると、まるで手本にして書いたみたいにそっくりだった。

でもまさか、そんなはず――――。

「……待って……、浪川さんの、名前ってつ……」

浪川の名は、確か「辰之」だ。

もしや辰之の「T」なのか。

「……浪川さんが、『T』……?」

あまりの衝撃に呆然となる。

ふらふらと畳の上に座り込んだまま、律はしばらく身動きがとれなかった。

確かにそう決まったわけではないし、イニシャルだって憶測でしかない。

字が丁寧な人の書く綺麗な字はよく似ているし、律が勝手にそう感じているにすぎないのかもしれない。

それに、律が想像していた「T」は、もっと年上の男性だった。何せ父の知人だし、浪川は年代的に若すぎるだろう。

律は最初、そう考えて自分の思いつきを否定していた。

でも、浪川が本当に「T」なのだとしたら。

素性を隠したまま律の前に現れて、それと知らせずに助けてくれていたのだとしたら。

浪川があそこまで律に親身になってくれている理由にも、一応の納得がいく。

こちらは向こうの素性を知らなくても、「T」は律が何者か知っているし、半年も手紙の返事を出さなかった律がどうしているのか気になったら、消息を調べることくらい簡単だろう。いつの間にか東京に戻って一人で学生生活を送っている律を、あくまで素知らぬふりをして助けてくれていたのでは――――?

「律君、お皿洗いの前に、二番のテーブル片づけてくれる？」

「あ、はい！」

テストが終わったので、今日は久しぶりに浪川の店「シエル」でアルバイトだ。

ホールのスタッフが一人休みなので、いつもは厨房内や裏方の仕事をすることが多かった律も、テーブルの片づけに駆り出されている。

忙しいのに考え事などしていたら、ミスをしてしまうかもしれない。昨日の思いつきについてはとりあえず頭から締め出して、集中して仕事をしなくては。

律は気を取り直して、銀の盆を片手にホールに出ていった。

食後のデザートの皿とコーヒーカップを盆に載せ、布巾でテーブルを拭いていると、店の入り口から、ドレッシーな服装の女性がウエイターに案内されて入ってきた。

そしてその背後から、連れらしいスーツ姿の背の高い男性が入ってくる。

（あ……）

男性が浪川だと気づいて、ドキリとしてしまう。

顔を見るのはあの晩以来だ。「T」が浪川なのではと疑ったりしていたからいっとき忘れていたが、あのキスを思い出すと知らず顔が火照ってきてしまう。

目が合いそうになったので、律は慌ててテーブルに視線を落とした。

ここでは彼は雇い主なのだ。周りにおかしな疑念を持たれるような顔をさらすわけにはいかない。気づかぬふりをしてテーブルを拭きながら、律は考えた。

（……接待、なのかな？）

店のオーナーである浪川は、時折客を伴って店にやってきて食事をすることがある。多くは一目でビジネスの相手だとわかるような、かっちりとした服装をしているが、今日連れてきた女性は、モデルか女優なのではないかと思えるような華やかな人だ。年も近いようだし、友人なのだろうか。

なんとなく気になって、バックヤードへ引き返しながらチラリと店内を見回したら、浪川と女性が眺めのいい窓辺の席へと案内されたのがわかった。

そこはいわゆる特等席で、主にカップルなどを通すことが多いのだが……。

「……！」

見ないでおこうと思ったのにどうしても気になってしまい、さりげなく盗み見ると、二人は向かい合わせではなく、丸テーブルに横並びに腰かけていた。右側に座った女性の手を浪川が取って、その甲にちゅっと口づけたから、思わず目を見開く。

女性もまんざらでもない様子で、微笑しながら小声で何か話す。すると浪川も顔を近づけて、ささやくみたいに応じる。

そうしながら浪川が、女性がテーブルに置いた手をなぞるように手を重ね、指を絡め出したので、律はなんだか落ち着かない気持ちになってきた。

明らかに親密な二人。女性と浪川とは、どういう関係なのだろう。

この間、律に恋人らしく、なんて言っていたが、律が今目にしているのはまさにそのままの光景だ。ということは、もしや女性は浪川の恋人なのだろうか。

どうしてか今までそんなことは考えてもみなかったが、律と会って抱き合っているのが恋愛感情からではない以上、浪川にほかに相手がいるとしてもおかしくはない。

というか、相手がいながら人助けのために律を抱いているのだとしたら、むしろその相手に申し訳ないという気持ちにもなってきて……。

「っ……！」

ウエイターを呼ぼうとしたのか、浪川が一瞬こちらを振り返った。

目をそらそうとしたのに間に合わなくて、浪川に姿を見られてしまったから、慌てて顔を背ける。思いがけず心を乱されたまま、律はフロアをあとにした。

もしかして好かれているのかな、とか、「T」と同一人物なのでは、とか。

昨日からいろいろと考えていたことだけでも、気持ちがジェットコースターみたいにぐるんぐるんしていたのに、ほかの女性とあんな親密そうにしている浪川を見たら、もうわけがわからなくなりそうだった。

二人を見たときに感じた、もやもやとしたなんとも言いがたい気分は、今まであまり感じたことのない感情だ。胸がざわざわするというか、心を雑にかき混ぜられているみたいな感じで、自分では上手くなだめることができない。

浪川の顔を見たいような、見たくないような。話をしたいような、話したくないような。

律は今、そんな相反する気持ちの間を激しく行きつ戻りつしている。

こんなことは初めてで、どうしたらいいのかわからなくて……。

「……お、ここにいたのか。お疲れ、律」

「ひゃぃっ？」

あれから一時間ほどあとのこと。

店の裏手でゴミをまとめていたら、いきなり浪川に声をかけられた。

思わず口から出た頓狂な声に、自分でも驚きながら振り返ると、裏口のドアのところに浪川が立って、律を見ていた。

親しげな笑みを見せて、浪川が言う。

「試験ご苦労さん。手応えはどうだった？」

「……ふ、普通、です」

「そうか。結果がわかるまでは落ち着かないが、ひとまずよかった。発情のほうは？」

「大丈夫、でした」

「そりゃよかった。試験中にいきなり、なんてことになったら大変だなと、心配していたんだ。何事もなくてよかったな」

「はい……。ありがとう、ございます」

一応そう答えたけれど、それ以上何を言えばいいのかわからなくて黙ってしまう。

よそよそしくする気はまったくないのだが、どうしてもぎこちなくなってしまうのは、浪川の気持ちや正体が気になるからか、それとも、先ほどの女性と一緒にいる浪川の様子を見たせいか。

(でも、今は仕事中だ)

ゴミの始末は終わったし、そろそろ中に戻らなくては。

律はそう思い、浪川に真っ直ぐに向き直った。

「あの、もう、中に戻らないと」

「ん？　別に急ぐこともない。客の入りも落ち着いているしな」

「でも、その、まだすることが。浪川さんも、女性を待たせているのでしょう？」

自分で言いながら、なんとなく口調が尖っているように感じたのでヒヤリと冷や汗が出た。浪川もそう感じたのか、まじまじと律の顔を見てくる。

もしかして、何か変だとわかってしまっただろうか。

「し、失礼しますっ……」

なるべく顔を見ないようにしながら浪川が立っている裏口に近づき、ドアノブに手をかけて開く。

でも間をすり抜けて中に入ろうとしたところで、浪川に後ろからドアを押されて目の前で閉められてしまった。

「ちょ、あのっ……？」

抗議しようと振り返った次の瞬間。浪川がぐっと身を寄せて、閉じたドアに律の背中を押しつけ、顔の両側に手をついて逃げ道を塞ぐみたいにしてきた。

「……っ……！」

これ以上ないほど間近でこちらを見つめる、浪川の精悍な顔。黒い瞳には、どこか艶めいた色がにじんでいる。まるでこれからキスでもしようとしているみたいな……。

「仕事中、ですっ」

慌ててそう言うと、浪川が口の端で薄く笑った。

「だから？」

「もう、戻らないとっ……、変に、思われて……」

「平気さ、少しくらい」

「でもっ……、浪川さんだって、女の人が……」

どうしてか胸がかき乱されるのを感じながら、おずおずとそう言うと、浪川がふふ、と声を立てて笑った。そうして低い声で訊いてくる。

「……もしかして、妬いたのか？」

「ち、がっ、そんなこと、ありません！」

「ほう、それは残念だな。妬かせたくて、わざとベタベタしてたのに」

「なっ、な、にを、言っ……！」

まさかそんなことを言われるとは思わず、あわあわしてしまう。

妬かせたかったたなんて、そんな――。

（……いや、実際妬いてたじゃないか、俺っ……！）

ざわざわと、胸をかき混ぜられるみたいな気持ち。会いたいのに会いたくないみたいな、引き裂かれるような気持ち。

あれは嫉妬だったのだとようやく思い至って、知らず足が震えてくる。浪川が女性と親密そうにしていたのを見て、自分は浪川に焼き餅を焼いていた……？

「な、なんで、そんな……、わざとなんて、どうして……？　どういうつもりで、そんなふうに……？」

混乱しながら問いかけると、浪川が目を細め、逆に問い返してきた。

「さすがにわかるだろ、それくらい？」

「え……」

「それとも、言わなきゃわからないか？　本当に？」

「……っ？」

（それ、って……）

誰かに焼き餅を焼かせたいと思う理由。

その答えは、たぶん一つだ。自分のことを見てほしい。自分を見て心を動かされてほしい。なぜなら、それは……。

「浪川さん……、あなたは、もしか、して……？」

自分のことを、好いてくれているのか。

真っ先に訊きたかったのはそれだが、そういうことを、わざわざ訊いて確かめるものなのか迷ってしまって、出かかった言葉をのみ込む。

何より、律にとってそれは、目の前の彼についてだけの話ではないかもしれないのだ。

もしも浪川が、「T」なのだとしたら。

律を物心両面で支え、力づけてくれていた人が、律を心から想ってくれていたのなら。

これまで律が生きてきた時間、見てきた世界そのものが、大きく変わってしまうことになるかもしれなくて。

（……確かめたい。本当のことを）

それを知ったら自分がどんな気持ちになるのか、全然想像がつかなくて、ほんの少し怖くもあるのだけれど、もう確かめずにはいられない。

律は真っ直ぐに浪川を見つめた。

「浪川さん、あの……、ちょっと、お話したいことが、あって」

「なんだ。改まってどうした？」

「……その……、あなたと、出会う前の話なんですけど」

ごくりと唾を飲んで、律はおずおずと言った。

「俺には、ずっと助けてくれる男性が、いたんです。その人のおかげで、俺は高校に行くことができました。言ってみれば、恩人です」

探るように顔を見ながら打ち明けると、浪川は少し驚いたように目を見張った。

これは反応ありとみていいのだろうか。律ははやる気持ちを抑えて、さらに言った。

「でも、俺はその人の顔も声も、本当の名前すらも、知りません。住んでる場所もわからないですけど、もうずっと長いこと、俺はその男性と手紙のやりとりをしていました。メールでも電話でもなく、紙に書いた手紙です」

折々に届いた手紙の一つ一つを思い出しながら、言葉を紡ぐ。

浪川は真っ直ぐにこちらを見ているが、何も言わない。

でもその精悍な顔を見ていたら、ふと律の胸に湧き上がる思いがあった。

「T」はただの恩人でも、文通の相手でもない。律にとってはもっと大きな、自分の人生やものの考え方、感情に、どこまでも深くかかわる存在になっていた。

だからこそ自分は、手紙の返事を書かなくなった、いや、書けなくなってしまったのではないか、と。

(あの人を、がっかりさせたくなかった。嫌われたくないって、思ったのかも)

どんな人なのかもわからない「T」。

けれど律にとっては、いつしか誰よりも大切で、かけがえのない存在になっていたのかもしれない。失望させて嫌われたくないと思うものの、偽りの楽しい生活を書いて送るのもつらくて、どうしていいのかわからなくなっていたのではないかと、そう思えてくる。

それに気づいたら、なんだか切ない気持ちになった。

もう、彼に自分を偽りたくない。今すぐ手紙の返事を書きたいと思いながら、律は言った。

「俺は……、いつからかその人に、特別な気持ちを抱いていたみたいです」

「……特別な、気持ち？」

「はい。なんて言っていいか、上手く説明できないんですけど。その人は俺にとって、とても大事な人なんです」

口に出してみたものの、もっといい言い方があるような気がしてもどかしい。それでもなんとか伝えたくて、律は言葉を続けた。

「俺はその人に、いつか会いたいって思っていました。なのにいろいろあって、手紙も書かなくなって。でも本当は、今でも慕わしく、思ってて……」

――――その人は、あなたなのではないですか？

そう訊ねようと口を開きかけながらも、一瞬ためらいを覚えて言葉が出なかった。

すると浪川が、何か考えるように視線を浮かせた。

それからややあって、どこか意味ありげに微笑みながら訊いてきた。

「……慕わしく、か。つまりおまえは、そいつを好きだってことか？」

「えっ？」

「顔も声も名前も知らないその男に、おまえは惚れているのかもしれない、って話か？」

「ほ、惚れっ……？」

明け透けな言葉に、顔がかあっと熱くなる。

「T」を好きかどうかなんて、今まで考えてみたこともなかった。そういう相手ではないと思っていたし、自分自身がまだウブだった。

でも今、改めて考えてみると、そういう感情も混ざっていたかもしれないと思わなくもない。「T」に対する特別な気持ちがそれならば、ある意味腑に落ちるところもあるのは確かなのだが。

(それって、浪川さんのことを好き、ってことになるの？)

「T」の正体が浪川だったなら、そういうことになるのではないか。

ふとそう思い至って、ドキリと胸が高鳴る。

「T」に対する気持ちと同じく、自分が浪川を好きかどうかも、律は考えたことがなかった。抱き合ってはいるけれど、それは発情を抑えるためで、感情があってそうなったわけではないからだ。

でも、「T」に対して感じてきた気持ちは、やはり思慕の念に近いのではないかと思えてくる。だったら浪川のことも、もしかして……？

「わからないです、そんなっ……、俺、好きとかそういう気持ちになったこと、ないから……！」

混乱を覚えておろおろとそう言うと、浪川が小さく笑った。

この間、今まで好きになった人はいないのかと訊かれたときもそうだったが、律の答えはウブといえばあまりにウブな言い草だ。

あれこれと経験豊富そうな浪川には、さすがに呆れられてしまったか。

そう思った瞬間。

「っ……？」

いきなり浪川に抱きすくめられて、息が止まった。

律を包み込むみたいな大きな胸。強く刻まれる鼓動。そして彼の胸元から漂う、スパイシーな香り。

香水か何かなのだと思っていたが、こうして接してみるとどうも違うようだと気づく。

この香りは、彼の体から香っているみたいだ。

もしかしてこれは、「アルファ」である彼自身の、フェロモンの香りなのではないか。

「おまえは、本当に可愛いな、律」

「な、みかわ、さ……？」

「あのな、律。おまえが今抱いている俺への疑問も、おまえの内に芽生えた感情がなんなのかも、俺はたぶん、知っているぞ？」

「え……？」

「何せおまえはとても素直だ。心も、体も。だからいつからか、俺は感じていた。これは『運命』なんじゃないかってな」

「……な、にを……？　ぁ、んっ、んン……」

浪川の言葉の意味がわからず首をひねると、浪川が片方の腕で律を抱いたまま、もう片方の手で顎を持ち上げて、そのまま口づけてきた。

いきなりキスだなんて、アルバイト中になんてことをするのだろう。

「あ、ぅ、んふ、ぅ……」

もがいて逃れようとしてみたが、頭をドアに押しつけられ、体で圧をかけるみたいにぐっと体で押さえ込まれて、口腔を舌でこじ開けられる。

そうして容赦なく上顎や舌下を肉厚な舌でまさぐられ、怯えた舌を捕まえられて口唇でちゅるちゅると吸い立てられたから、背筋がゾクゾクと震えた。

いつになく濃密で貪欲な浪川の口づけ。

いけないと思うのに、あまりのキスの甘さに、ここが店の裏手であることも自分が仕事中であることも、一瞬で頭の中から霧散してしまう。

思わず胸にすがりつき、浪川の舌に追いすがると、浪川が律の背に手を回し、背中や腰、尻の膨らみを服の上から揉みしだいてきた。そうしながら律の肢の間にたくましい腿を割り込ませ、ぐりぐりと局部を押し上げてくる。

律のそこは、キスだけで硬く形を変えていた。

それはとても恥ずかしいことなのに、律の劣情は止まらない。発情もしていないのに、体の芯が熱せられたみたいに熱くなって、喘ぎそうになる。

(欲し、い……、浪川さんが、欲しい……！)

もはや我を忘れて抱きつき、夢中で彼の舌を吸う。

今すぐここで抱いてほしい、気持ちよくしてほしいと、淫らな欲望が募ってどうにかなりそうだ。浪川への強い欲情に腹の底がとろとろと潤み始め、後ろもはしたなくヒクついてきて――――。

「……ふふ、本当に素直だ。今にも発情しそうじゃないか」

「ん、んっ……」

「だが、さすがにここまでだな。このままじゃ俺も抑えが利かなくなりそうだ」

浪川が艶麗な声で言って、スッと身を引く。

ここまで、だなんて、言ってる意味がわからない。律の体はこんなに昂っているのに、ここでやめるだなんて、どうして……？

蕩けた頭でそう思っていると、浪川が笑みを見せて言った。

「発情していなくても、仕事が終わったら今夜は家に来い。久しぶりに可愛がってやる」

「家、に……？」

「おまえの抱いている疑問にも、いくつか答えてやれるだろう。俺としてもとても楽しみだ。待っているよ、律」

そう言って、浪川がドアを開け、律を残して店の中に戻っていく。

何が起こったのか理解できなくて、律は唖然としながら口を手で押さえた。

仕事が終わるまでなんて待てない。今すぐここで触れられたいのに。体を抱いて啼かせてほしいのに……。

そんな、焦れたみたいな激しい感情に胸をかき回されたから、自分でも驚いてしまう。

今まで、発情しているときにしかこんなふうになったことはない。キスをされるまでは至って平静だったはずなのに、いったいなぜこんなことになったのか。

動揺しながら考えて、ふと浪川の言葉を思い出す。

――――『運命』。

浪川は確かにそう言った。その言葉の響きに、じわじわと胸が熱くなってくる。

アルファ性とオメガ性。

番の関係になることができる二つのバース性には、特別に惹かれ合う個体同士がいるといわれている。

その相手は俗に「運命の番」と呼ばれ、お互いに相手のことを知らなくてもそうだとわかり、ほとんど無条件に惹かれ合うとされているのだが、普通、生きている間に出会うことはまれだ。

でも、なんらかの強い因果が働いて出会うべくして出会い、結果として運命の相手になっていく、というようなこともあるらしい。

浪川は、自分たちをそういう関係だと思っているのだろうか。

「……もしかして、だから俺、こんなふうに……？」

女性と親しげにしていた浪川に、焼き餅を焼いたこと。

発情期でもないのに、キスだけでこんなにも体が燃え上がってしまった事実。

もしも彼が運命の相手なのだとしたら、その理由は明白だ。律は心も体も、浪川に惹かれ始めているのかもしれない。そう思い至って、胸が震える。

(疑問に答えてやれる、って、そう言ってた……)

律に焼き餅を焼かせた理由。律に対して抱いている感情。彼の正体。

それらを律が知りたがっていることに、浪川は気づいたのだろうか。

「T」の話をしたら浪川は少し反応したし、「T」への思いが好意なのかを訊いてきた。唐突だと思ったが、向こうもこちらの胸の内を探りたいと思っているのなら、何もおかしなことはない。やはり彼は律に想いを抱いていて、そして彼が「T」自身なのだろうか。

こうなってみると、そうであってほしいと思う。

彼の正体そのものが因果によって引き寄せられた運命の一部であるなら、律の中に芽生えた初めての感情も、正しく形になるような気がするからだ。

誰もが知っている狂おしくも甘い感情――恋情の形に。

(今夜、わかるんだ、それが)

戸惑いを覚えながらも、じわじわと期待が湧いてくる。

弾む心拍を抑えるように胸に手を当てて、律はほう、とため息をついていた。

（浪川さん、そろそろお帰りかな？）

昴ってしまった体がひとりでに鎮まるまで、律はしばし店の裏手で片づけをしていた。

それから店の中に戻ると、浪川と女性は食後のコーヒーを飲んでいた。

やはりなんだか少し親密そうに見えるものの、先ほどのようにベタベタした感じはない。

浪川の言うとおり、あれはわざとだったのだろうか。

「あ、律君、今日のスペシャルがもう終わっちゃったから、表のお品書きを引っ込めてきてもらえるかな？」

「はい、ただいま」

厨房のスタッフに言われたので、律は急ぎ店のガラス張りのエントランスに行き、お品書きの黒板をポーチに引き入れた。

黒板には毎日、食材やカトラリー、料理などのチョークアートが描かれていて、消してしまうのは惜しいくらいに綺麗だ。

この店の売りはフレンチワインでもあるので、エントランスのガラスに沿ってワインの空き瓶と大きな樽状のタンクが装飾的に飾られており、タンクには実際に赤ワインが入っている。

店のハウスワインとして人気のこのワインを飲んだら、律はまたこの間みたいになるのだろうか。

そんなことを考えながら、黒板のチョークを拭いていると。

「……っ？」

近くの交差点から店の前の通りに、黒いバンが一台、キュルキュルとタイヤを鳴らしながら曲がってくるのが見えたから、律は驚いて目を向けた。

バンはそのまま猛スピードでこちらにやってくる。まるでドラマか何かの、逃走車両みたいだ。人通りはそれほどないが、人にぶつかったら大変なことになるのでは。

心配になりながら見ていると、バンがいきなり店の前で急停車した。

（えっ？）

後部座席の窓が開き、中からいかつい男が身を乗り出す。

そうして腕に抱えた何か黒いものをこちらに向けたと思ったら、ダダダダッと鋭い破裂音が連続して聞こえてきた。

「―――――っ！」

エントランスに飾られていたワインの空き瓶が一つ残らず粉微塵に吹き飛び、タンクが破裂して赤ワインがそこら中に飛び散ったから、驚いて腰を抜かした。

男が抱えているのは、マシンガンみたいなもののようだ。店を襲撃されたのだと気づいたが、恐怖のあまり身動きがとれない。

赤ワインを全身にかぶってしまい、血まみれみたいになりながら呆然としていると、男がさっと車内に引っ込んだ。バンが急発進して走り去っていくのを、何もできずに見送るしかない。

「……おい、あれヤベえぞ！」

「きゃあ！　誰か、警察！」

「それより救急車だろっ」

通りを歩く人たちが、律を指さして騒ぎ始める。

これは赤ワインで、自分は怪我はしていないと言いたいのに、動転しているせいか声が出なくて……。

「律っ！」

店のホールから浪川が駆けてきて、律を支えるように抱きかかえる。

いつになく動揺している様子だが、その目は冷静に律の姿をとらえる。

やがて浪川が、短く言った。

「外科だな」

「……い、え、これ、ワイン、なので……」

「ほとんどはそうでも、右腕のこれは血だろう？」

「え……」

よく見ると右腕にシャツが裂けているところがあり、そこには赤ワインよりも濃い色がにじんでいる。

恐る恐る左手で捲ってみると、肌がスッと切れて血が出ていた。

その瞬間に初めて痛みを感じて、律はうめいた。

「……ぃ、たい、痛い、ですっ」

「だろうな。だが傷は深くはなさそうだ。これで押さえていろ」

浪川がポケットチーフを取り出し、腕に押し当ててくる。そっと抱き寄せられると、今さらのように震えてきた。

遠くからサイレンの音が聞こえてくるまで、律は浪川の腕に身を委ねていた。


「……とりあえず、そこに座ってろ。何か飲むか？」

「いえ、大丈夫です。ありがとう、ございます……」

律は浪川に答えて、ソファに腰かけた。

いつもお邪魔している、浪川のオフィス代わりのマンションにあるものと違い、少し硬めのソファだ。部屋の雰囲気はシックで落ち着いている。

外科病院と警察の事情聴取のあと、車で連れてこられたこの部屋は、都心にあるマンションの一室で、浪川のセカンドハウスらしかった。

幸い怪我は大したことがなく、病院通いの必要はなさそうだったし、店にほかに怪我人もなかったが、店を襲撃した車はまだ特定されておらず、犯人も捕まっていないらしい。

律はその両方を目撃していたため、浪川が危険だから家には帰らないほうがいい、と言って、そのまま車でここに来たのだ。

マンションの入り口にはドアマンがいて、いつもの部屋よりセキュリティーが厳しく、でも中はとても静かで、プライベート感がある。

ここなら安全そうだとほっとした途端、知らず体が震え出した。

(……怖かった)

マシンガンなんて、ドラマか映画の中でしか見たことがない。それをあんな間近で撃ちまくられ、怪我までさせられるなんて、普通に暮らしていたらありえないことだ。もし自分が撃たれていたら、きっともうこの世にはいなかっただろう。

そう思うとただただ恐ろしくて……。

「……律、おい、大丈夫か？」

冷たい飲み物を持ってキッチンから戻ってきた浪川が、ローテーブルにそれを置いて横に座り、心配そうに訊いてくる。

「ひどく震えているな。傷が痛むか？」

「いえ、傷は、鎮痛剤が効いてるので……」

「じゃあ、気持ちか」

浪川が言って、そっと背中をさすってくれる。

「怖い思いをさせたな。だが、ここにいれば安全だ。何も心配はいらない」

「浪川、さん……」

「不安がなくなるまでずっとここにいてくれてかまわない。何か必要なものがあったら言ってくれ」

そう言って浪川が、震える体を優しく抱いてくれる。

もう半ば乾いていたが、律の服だけでなく浪川のシャツも、赤ワインにまみれている。店でも病院でも、律を支えるように抱いていてくれたからだ。

力強いその腕に抱かれているだけで、律は安心感を覚えた。とても大切に思ってもらえているのを感じて、嬉しい気持ちになる。

でも……。

(浪川さん、全然慌ててないな)

あんなことがあったのに、浪川は泰然自若といった雰囲気で、まるでこういう事態に慣れてでもいるかのようだ。

そういえば、坂口がこの前、ヤクザの大親分の跡目争いがどうとか言っていた。身の回りに気をつけろとも言われ、そのときはあまりピンとこなかったが、もしかしてあれは、こういうことを想定して言っていたのか。

「……あの、浪川さん」

「ん?」

「あなたは、その……、何か、まずいことに巻き込まれているんじゃないですか?」

律の問いかけに、浪川が小首をかしげる。

「まずいことって?」

「ええと……、例えば、ヤクザとの、トラブルとか……、あの坂口という人が、そんな話をしていたんです」

律は言って、探るみたいに浪川の顔を見つめた。

「もしかして今回の襲撃犯にも、もう目星がついているんじゃないですか?」

そう言うと、浪川がわずかに目を伏せた。そのまま少し考えるように黙ってから、またこちらを見つめて告げた。

「だとしても、それはおまえが気にすることじゃない」

「……でも」

「俺を心配してくれているならありがたいが、これはおまえの領分じゃない。おまえは巻き込まれただけだ。この件には、深入りするな」

口調は穏やかだが、その言葉から断固たる拒絶の意志を感じて、律はヒヤリとした。

店の裏では、律との関係を「運命」だとまで言ってくれた浪川だ。なのにそんなふうに言われると、突き放されたみたいな気がしてなんとなく落ち込んでしまう。

もちろん、教えてもらったところで自分に何ができるわけでもないけれど。

「とにかく、シャワーを浴びてさっぱりしよう。服は貸してやるし、洗うのも手伝ってやる。何せその腕だしな」

浪川が話を打ち切るみたいにそう言って、浴室へと誘う。

律は素直にうなずくしかなかった。

「……よし、いいぞ。入ってくれ」

浴室から浪川に声をかけられ、律はシャツ一枚になって、ドアを開けて中に入った。

洗い場が一坪くらいの広めの浴室だ。

先に体を清めた浪川が、洗い場に置いた椅子に律を座らせて、包帯をした左手を持ち上げながらそっとシャツを脱がせてくれる。

「頭から流していいか？」

「はい、お願いします」

目をつぶって頭を下に向けると、浪川が律の髪にシャワーを当て、赤ワインを流し始めた。

浴室に立ち上る赤ワインの匂い。それだけで、この間みたいに酔ってしまいそうだ。

「まずはシャンプーするぞ？」

「あ、は、はい」

流してもらえればそれでいいと思っていたが、もしかして全身を洗ってくれるつもりなのか。

（あ……、なんか、気持ちいい）

片方の手で律の腕を持ち上げているので、もう片方の手だけで髪を洗ってくれているのだが、なんだか頭を撫でられているみたいだ。

泡を流したら丁寧にコンディショナーを施してくれて、濡らして固く絞った小さなタオルで顔も拭いてくれた。

さらにはふわふわとしたスポンジで、体まで洗ってくれる。

人にそんなことをしてもらったのは初めてなので、ちょっと気恥ずかしい。

「あ、あの、下のほうは自分で……」

「遠慮するな。全部洗ってやる」

「で、でもっ」

「恥ずかしがることはない。裸は何度も見ているだろう？」

「それはそうですけどっ」

頬を熱くしながらモジモジしてしまうが、浪川はかまわず、下腹部や肢のほうまでごしごしと洗う。決して淫猥な触れ方ではないのに、自身が勃ち上がりそうな気配があったから、律は慌てて言った。

「も、もう、そのくらいで！」

「そうか？　けどちゃんと洗わないと、下戸のおまえは匂いで気持ちが悪く――――」

浪川が言いながら、律の体についた泡をシャワーで流して、口をつぐむ。

二人で落とした視線の先で、律のそれが欲望の形になっているのを確認して、浪川が言う。

「――――は、なさそうだな。どちらかというと、気持ちよくなってるのか?」

「言わないでくださいっ……」

羞恥で顔が熱くなるのを感じながら言うと、浪川がふふ、と笑った。

「でも、よかった。こういう反応もなくなるほど怖がらせてしまったなら、詫びのしようもないからな」

浪川がどこか安堵した顔で言う。

「おまえが無事で本当によかったよ。店の入り口で腰抜かしてたおまえの姿を見たときは、正直心臓が止まるかと思った。そのほんの少し前まで、店の裏でイチャイチャしていただけにな」

「……浪川さん……」

そういえばそうだった。

店のエントランスにお品書きをしまいに行ったときには、例の激しい劣情はなんとかおさまっていたが、気持ちはまだ浮ついていて、今夜仕事が終われば浪川の家で会えるのだと楽しみにしていた。

だが、まるで突然場面が暗転するみたいに、あの恐ろしい車がやってきた。襲撃犯が容赦なく律を撃っていたら、もう二度と浪川の顔を見ることもできなかったかもしれないのだ。

(そんなのは、嫌だ)

「T」の正体。浪川の気持ち。そして自分自身の気持ち。

律には、浪川に訊きたいこと、確かめたいこと、伝えたいことがある。

それなのに突然命を断ち切られ、永遠に話すこともできなくなってしまうのが、どんなに残酷なことなのか。

長年由美を見てきたから、律はよく知っている。目の前の人との時間は、一秒だって無駄にしてはいけないのだと切実に思う。

泡をすべて流し終わってシャワーを止めた浪川に、律は言った。

「あの、浪川さん。俺……、わ、ふっ？」

真剣に話しかけようとしたら、頭にタオルをかぶせられてがしがしと髪を拭かれ始めたので、グラグラと頭が揺れた。

話を聞いてほしいと気持ちがはやるが、ちゃんと顔を見て話したい。しばしされるがままになっていると、やがて手の動きがやんだ。

「浪川さん、あの、あなたに訊きたいことが……、ん、むっ？」

ようやく話そうとしたら、今度は顔をごしごしと拭かれ、また話を中断させられる。仕方なしにまた待っていると――。

「……よし、終わりだ。さっぱりしたな」

「あの……！」

「あとはこれを着て出てこい」

「わ？　ちょ、ちょっと、待っ……！」

今度は頭からバスローブをかぶせられ、怪我をした右手を濡れないように頭の上に乗せられて手を離されたので、もたもたとたぐって顔を出す。

けれど浪川は、さっさとバスローブを着て浴室を出たあとだった。

なんだかずいぶんとそっけないが、もしかして、わざと話を遮られている……？

（疑問に答えてやるって、言ってたのに！）

なんとなくしゃくに障ってしまい、バスローブをはおって浴室を出て、浪川を追いかける。こうなったら意地でも疑問に答えてもらうぞと、律はいつになく勇んでリビングのドアを開けた。

浪川が窓辺に立って外を見ているのが目に入ったから、声をかけようとすると。

「ああ、こちらは大丈夫。店のほうはしばらく休業だろうな」

浪川は携帯電話で誰かと電話中だった。うっかり声をかけたりしなくてよかったと思いながら、邪魔をしないように静かにソファに腰かける。

綺麗に洗ってもらったので、もう自分からは赤ワインの匂いはしなくなった。代わりに何か少し柑橘系の香りがする。部屋に設置されたルームフレグランスだろうか。

「……いや、すまなかったよ。きみと食事中だったことを忘れていたわけじゃないさ。従業員が怪我をしていたから……」

浪川がほんの少し声のトーンを落として言う。

なだめたり機嫌を取ったりしているみたいだが、もしかして電話の相手は店で一緒だった連れの女性だろうか。

口調も優しげで、聞いているだけでまた胸がざわざわしてくる。

律は目を上げ、窓辺に立つ浪川の後ろ姿を見つめた。

長身で腰高の、理想的な体格。

律にはぶかぶかのバスローブも浪川にはちょうどいいサイズで、均整のとれた体のラインがしっかりと見て取れる。

広い肩と大きな背中には程よく筋肉がついており、尻はきゅっと引き締まっていて、腿は力強い。裾の下に覗くふくらはぎからアキレス腱も、彫刻作品のように整っている。

アルファ男性らしい立派な身体に、知らず吐息が洩れそうになる。

(……俺、やっぱりもう、浪川さんのこと……)

アルファに惹かれるのは、ある意味オメガの本能だ。

でも、律がこんなふうにうっとりと背中を見つめたくなる相手は、浪川のほかにはいない。アルファだからでなく、浪川だから、自分はこうやってじりじりしながら後ろ姿を眺めてしまうのだ。

自分は浪川に惹かれているのだとはっきりと自覚して、鼓動が速くなる。

今まで、律が特別な思いを抱いた相手は「T」だけだった。

もしも浪川が本当に「T」なのだとしたら、やはりこの出会いは運命なのかもしれない。この世でただ一人の「運命の番」が、彼なのだとしたら。

(こっちを、向いてほしい)

あんなことのあとで、さすがにそういう状況ではないだろうとは思う。鎮痛剤が効いているものの、腕に怪我だってしている。

でも律の体は、先ほどの店の裏でのキスの続きをしたがっている。

電話なんてしていないで、傍に来てキスをして、体に触れてほしい。今すぐ体を抱いてほしい。

淫らな欲望に胸が震えるのを感じた、その瞬間。

「……ぁっ……」

体の芯になじみのあるしびれが走り、体から発情フェロモンの甘い匂いが立ち上る。

久しぶりに発情したのだと気づいて、小さくうなった。

すぐにそれを感じたのか、視線の先の浪川の肩もビクッと震える。

通話相手との話を続けながら、浪川がゆっくりとこちらを振り返る。

「ああ、いや、それはまた、別の話で……」

浪川の眉間には困惑と驚きとを表すようにしわが刻まれているが、その目が早くも濡れていたから、知らず笑みがこぼれそうになる。律の放つフェロモンに、浪川は煽られ始めているようだ。

こうやって発情するだけで、自分は浪川に劣情を抱かせることができる。

そう思うと、ひどく淫靡な気持ちになってくる。

自分はオメガで、彼はアルファなのだと、ありありとそう実感して嬉しくなる。

(俺は浪川さんが、好きなんだ……、好きだから、欲しい……!)

ストレートな欲望のままに、律はふらふらと浪川のほうに歩み寄った。

彼の体からあのスパイシーな匂いがしてきたから、スッと胸に吸い込む。

「……っ」

たまらず喘いでしまいそうなほどの、心地いい匂い。

やはりこれはアルファである浪川の、彼独自の匂いだ。

それは律を魅了して、発情した体をさらに煽り立ててくる。

もう、今すぐにでも抱き合いたい。彼が欲しくてたまらない。

でも、携帯電話からはまだ女性の声が洩れている。この状態でどうやって自分の情動を伝えればいいのか。

なんとかわかってほしくて、女性の声に半ば適当に相づちを打ちながらこちらを見下ろしている浪川に、律はそっと身を寄せた。そうしてバスローブに覆われた厚い胸板に、ねだるみたいに手で触れる。

すると浪川が、応えるように律のローブの帯に手をかけ、スルリとほどいた。

「……っ、ん……」

前を開かれ、勃ち上がった律自身に指を這わされて、よろよろと浪川の胸にしがみつく。

律のそれはすでに嬉し涙を流していて、浪川が手を動かすたび指に絡まってくちゅ、と恥ずかしい音が聞こえる。

声を立ててしまいそうだったから、浪川の胸に顔を押し当てたら、彼の力強い心音が聞こえてきた。心なしか速い鼓動にうっとりしてしまう。

「ああ、すまん。実は少々、取り込み中でな。またあとでかけ直しても？」

通話を切ろうと浪川がそう言っても、相手はなんやかやと話し続けている。

話し足りないのか、それとも何か訴えたいのか。そもそも二人の関係がどういうものなのかわからないので、律から切ってほしいなんて言えない。

だが洩れ聞こえてくるぐずぐずとした女性の声と、それを一応は聞いていながらも適当にあしらっているふうな浪川の様子から、これはきっと「脈なし」というやつなのだろうと察する。女性には気の毒だが、そろそろ諦めてはくれないか。

(浪川さんの指、気持ちいいっ……)

浪川の指は急くでもなく雑でもなく、とても丁寧に律を愛撫し、体をとろ火で炙るみたいに昂らせてくる。

前に触れられているだけで律の後ろにも愛蜜が溢れ、窄まりもヒクヒクと物欲しげに収縮する。内筒も浪川の雄を欲しがって、熱く疼き始めた。

後孔に触れてほしくて、律が焦れたようにぎゅっと顔を胸に押しつけ、腰を揺すると、浪川が律自身から手を離した。

そうしてバスローブの裾をたくし上げて、今度は尻を撫で始める。

膨らみを確かめるみたいに手でキュウッとつかまれ、ビクンと体が震える。

「……参ったな。きみとはよき友人で、最良のビジネスパートナーだと思っていたんだが。誤解させたならすまないと思っているよ」

浪川が素知らぬ様子で言いながら、律の尾てい骨を指でくるりとなぞり、そのまま割れ目をつうっと撫で下ろす。

「だが、本当にすまない。きみとそういうつもりはないんだ」

「つ、は……！」

後孔を指で探り当てられ、くちゅりと柔襞をまさぐられて、思わず吐息が洩れた。

さすがに電話の相手に声を聞かせてはまずいと思い、口唇を引き結んでこらえるけれど、浪川はかまわず、律の後ろに指を沈めて中をかき混ぜてくる。

律の後ろはとろりと熟れていて、浪川の指を甘く受け止める。そのまま二本、三本と指を増やされても、まるで吸い入れるみたいにくわえ込んだ。

「……は、ぁあ、あン……！」

ぐちゅぐちゅと音を立てて中をまさぐられ、たまらず恥ずかしく声を上げる。

すると携帯電話からキンキンと甲高い声が聞こえ、やがて通話が切れた音がした。

蕩けた目で顔を見上げると、浪川がおかしそうに言った。

「やれやれ、怒らせてしまったみたいだ。これはあとが大変だぞ」

「お、れの、せいですか？」

「まさか。おまえは何も悪くない。むしろいい子だ」

浪川が言って、ふふ、と笑う。

「おまえはいい子だよ、律。俺はずっと……、もう何年も前から、そうだと知っている。理由はおまえが想像しているとおりだ」

「な、んっ……？」

「さっき店で、これは『運命』だと俺は言ったよな？　俺が何者なのか、おまえの中には一つの考えがあるはずだ。だからおまえも俺に話したんだろう、おまえが特別な気持ちを抱いているという、恩人の男のことを？」

「……そ、れってっ……！」

浪川の正体は、「T」なのではないか。

これはその疑問への答えだと気づいて、ハッとなる。思わず歓喜の叫びを上げそうになったが、浪川がふと表情を曇らせたから、出かかった声をのみ込んだ。

どこか沈痛な目をして、浪川が律を真っ直ぐに見つめる。

「だが、この『運命』は少々複雑でな。俺にはまだ、それをおまえに話す資格がないように思えるんだ。想いのすべてを言葉で伝えることもな」

そう言って浪川が、儚げに微笑む。

「今の俺にできるのは、おまえの発情を鎮めてやることだけだ。だがそうできるのは、この上なく嬉しいことだよ。おまえもそうであってくれればとは思うが、それはおこがましい望みだということもわかっている。だから今は、これ以上何か言うのはやめておこう」

「あっ、んんっ」

指を引き抜かれ、自分でも信じられないほど甘ったるい声が出た。指を抜かれただけなのに、たまらないほどの喪失感を覚えて、知らずまなじりが涙で濡れる。

浪川の言葉はひどくあいまいで、核心に近づいたと思ったのにさらりとかわされたみたいな、そんな不可解さがあった。どこか愁いを帯びた浪川の表情の意味も、律には少しもわからない。

でもおこがましい望みだなんて、そんなことはない。浪川に抱かれるのは律にとって喜びだし、もうその理由もわかっている。

だからもしも、言葉で伝えられないというのなら――――。

(体で、伝えてほしい。浪川さんの、気持ちを)

二人の関係が本当に運命ならば、きっとそうできるはず。

めまいがしそうなほどの欲望を感じながら、律は告げた。

「な、みかわ、さんっ、俺、もうっ」

「ああ、ベッドへ……」

「嫌です、もうここで、してくださいっ」

「しかし、ゴムが」

「いらないっ、このまま、してっ」

もう一秒だって待てない。早く浪川が欲しくて泣きそうだ。

必死の思いでそれをこらえ、浪川のバスローブの帯をほどいて前を開くと。

「あっ……！」

浪川の剛直は、触れるまでもなく凶暴な形に変わっていた。律はごくりと唾を飲み、浪川に哀願した。

「あなたを、くださいっ……、俺が知りたいこと全部、体で、わからせてっ」

律の言葉に、浪川が目を細める。

まるで律の言葉が理性を失わせるスイッチか何かだったみたいに、浪川が律を抱き上げ、背中を窓ガラスに押しつけて体を預けさせ、肢を大きく広げさせてくる。

首に腕を回してしがみついたら、両肢を抱え上げられ、窄まりに熱くて硬い切っ先を押し当てられて――――。

「つ、あぁぁっ！」

みっしりとした肉杭を下からずぶずぶと埋め込まれ、悲鳴に似た叫びを上げる。

浪川のそれはもうマックスの状態だ。腰を使って徐々に深くまで入り込んでくるにつれ、腹がずっしりとした質量で満ちてくる。

あまりにも暴力的な大きさで、ほんの少しおののきを感じたが、ゴムをしていないせいなのか、律の後孔はいつになくスムーズに浪川を受け入れ、なじんでいく。

待ち望んでいた浪川の形をすっかり覚えていたように、ピタピタと隙間なく幹に吸いついて中へ中へと誘っていくみたいだ。

愛蜜もますますこぼれてきて、浪川が刀身を引き抜くたび肉襞が大きく捲れ上がって縁からジワリと溢れ出る。

それをせき止めるように亀頭球を押しつけて、浪川がほう、とため息をつく。

「ああ、すごい。ゴムがないと、全然感触が違うな」

「ん、んっ、浪川さんの、熱、いっ」

「おまえもな。まったく、おまえも大胆になったもんだよ」

浪川が苦笑交じりに言う。

「だが、そろそろいい頃合いだったのかもしれんな。もちろん、体内保護具があればこそだが」

律の肢を支える手に力を込めて、浪川が告げる。

「体で感じてくれ。俺の想い、俺のすべてを」

「な、みか、わさっ、ぁあっ、はああっ……！」

激しく雄を突き立てられて、悦びで全身がしびれ上がる。

寝具の上でなく、こんな場所で立ったまま、コンドームもなしで抱き合うなんて、発情していても恥ずかしく感じるはずだが、少しもそんなことはなかった。

彼を今すぐ欲しいと思い、それが叶えられた嬉しさで、体が内から燃え上がるみたいだ。

体の底からまざまざと感じるのは、浪川という存在のかけがえのなさだ。

彼との縁、二人を引き寄せた運命の力を確かに感じて、律は身震いした。

「あ、あっ、すごぃ、中が、溶けちゃうっ、浪川さんと、一つになってて っ……」

「律っ……」

「俺、そうなりたかった、たぶんずっと前……、浪川さんと、出会うよりも前からっ」

律は言って、間近で浪川を見つめた。

浪川は何も言わなかったが、その意味を察したみたいに笑みを見せる。律はわななきそうになりながら言った。

「浪川さんっ、……辰、之、さん？」

「……ああ」

「辰之、さん、辰之さんっ」

「ああ、そうだっ」

「ああっ、あああっ！」

何度も名を呼びかけたら、浪川が息を乱して抽挿のピッチを上げてきた。熱杭も中でぐんとかさを増し、律を奥の奥まで押し開いて深くつながってくる。

自分は「T」だと、そう伝えるように——。

「はぁっ、うぅっ、すご、い、奥までごりごり、するぅっ」

「T」への長年の思慕と、浪川への気持ち。

二つの想いが絡まり合い、一つの想いになって、律の体をいつもよりもさらに敏感にさせていくみたいだ。

激しく荒々しく硬い楔を突き立てられ、体を大きく揺さぶられて、思考が飛ぶほど感じさせられるが、律の後ろは愛しいアルファの律動に応え、境目がなくなるほどにぴったりと吸いついて、きゅうきゅうと搾り上げる。

まるで体が彼のほとばしりを求めて追い立てていくかのようだ。浪川が苦しげに眉根を寄せて言う。

「くっ、律が、しがみついてくるっ！　おまえの中が、俺を欲しがっているみたいだっ」

「欲しい、ですっ、ください、あなたをっ！」

律は言って、快感に蕩けた上ずった声で告げた。

「辰之さんの、お腹に欲しいっ！　いっぱい、出してっ。俺の中に、白いのをたくさん、出してぇっ！」

「律、ああっ、律っ……！」

浪川が声を上げ、大きな動きで律の内腔を擦り立てる。

抽挿のたびぬちゅぬちゅと淫靡な音が上がり、愛蜜がぬらりと滴るほどに溢れているから、感じる場所を抉られ最奥をズンズンと激しく突き上げられても、苦しさなどはない。

ただしたたかな悦びだけが背筋を駆け上がり、脳髄でパンとスパークしては全身がしびれ上がる。凄絶なほどの快感に、やがて腹の底が大きく爆ぜて――。

「ぁあっ、はあ、ぃっちゃ、達っちゃうぅ」

「くぅっ、律っ、り、つ……！」

律が内筒を収縮させながら頂に達し、切っ先からとぷとぷと洩らすみたいに白蜜をこぼすと、浪川が名を呼んで、律の中に深々と亀頭球を沈めた。

彼が律の肩にキスを落とし、ぶるりと獣のように身を震わせた次の瞬間。

肩におなじみの疼痛を感じるとともに、律の腹の奥で灼熱が弾けた。

「あ、あっ……、すごいっ、あぁぁっ……！」

ざあっ、ざあっと、内奥に熱い濁液を浴びせられ、尻がビクビクと震える。

いつもはコンドーム越しに感じるだけだが、浪川のそれはどろりと重く、信じられないほど熱かった。

その量もすさまじく、放出のたび中でびしゃ、びしゃ、と大きく跳ねて、それだけで何度も軽く達かされそうになる。

まるでアルファの旺盛な生命力を、そのまま注ぎ込まれているみたいだ。

（これがアルファとの、セックスなんだ……！）

何度も浪川と抱き合ってきたが、遮るもののないセックスがこんなにも鮮烈だとは思わなかった。体内保護具がなければ一度で妊娠してしまいそうだ。

かすかなおののきを覚え、震えながら顔を見つめると、浪川も顔を上げてこちらを見返してきた。

その目線がチラリと首元に向けられたから、ドキドキと心拍数が上がる。

先ほど入浴のときにチョーカーを外してしまったから、律は完全に無防備だ。

発情している今、彼が律の首を噛めば、二人は番になる。

律は浪川だけのものになり、この先一生、発情してほかのアルファを誘惑してしまうことはない。

（そうして、ほしい……、浪川さんと、番になりたい）

「T」である浪川と、本当の意味で一つになりたい。

律は熱に浮かされたみたいに言った。

「浪川さん……、辰之さんっ、俺、あなたに噛まれたい」

「ああ。俺も今、そうしたくてたまらない気分だよ。いちアルファの端くれとしてはな」

浪川が言って、苦笑する。

「だが、それでなくともいろいろあった夜に、勢いでするようなことじゃないな」

「で、もっ」

「見守ってきた時間の分だけ、おまえを大切にしたい。おまえの恩人の男なら、きっとそう言うと思うんだが、どうだ？」

「……！」

いたずらっぽい笑みを見せてそんなことを言うから、どうしてか泣きそうになった。

確かに「T」ならそう言うだろう。そういう人だからこそ律は知らず心惹かれたのだ。

明確な言葉にはせずとも、彼が自分を深く愛してくれているのを感じて、嬉しくてたまらない。

「……そう、言うと思います、あの人なら」

「だろ？　気が合いそうだよ、その男とは」

「……あっ……！」

深くつながったまま浪川に体を抱き上げられ、窓辺からソファへと運ばれる。

座面に横たえられ、左腕をかばえるよう左半身を上に体を横向きにされて、左肢を持ち上げられた。

肢を交差するようにして腰を密着させ、左の足首にちゅっとキスをして、浪川が言う。

「まだ、フェロモンの匂いがする。発情が鎮まるまで、もっとたっぷりよくしてやらなきゃな？」

「辰之、さ……、ふ、あっ、ぁあ、あ……！」

付け根まで沈めた雄を、浪川がまたゆっくりと動かし始める。

発情を鎮めるための行為ではあるが、浪川が何者なのか知った今、律の悦びは一段と大きい。

我を忘れて感じ尽くす予感に震えながら、律は浪川が与える快楽にのめり込んでいった。


どこかで、小さくアラーム音が鳴っている。

律は薄く瞼を開き、きょろりと目を動かした。

浪川に連れてこられたセカンドハウスの、寝室の大きなベッドの上に、律は一人で横たわっていた。

窓にかかった遮光カーテンの隙間からは、かすかに日の光が洩れている。

浪川と明け方近くまで何度も抱き合ったあと、このベッドで浪川と並んで横になり、泥のように寝落ちた記憶があるが、今は何時だろう。

「……ええっ、もう午後の三時っ？」

見間違いかと思ったが、ヘッドボードの上に置かれた目覚まし時計には、ＰＭと大きく表示が出ている。さすがに寝すぎではないか。

「あ……」

『昨日の件の処理で少し出てくる。着替えを置いておくが、俺が戻るまで外には出るな。

冷蔵庫の中のものは好きに使ってくれ』

サイドテーブルの上に置かれた短いメモの下に、新しいシャツとズボン、それに下着が置いてある。

どうやら浪川は出かけているみたいだ。律がよく寝ていたから起こさず出たのだろう。とはいえ、律ももう発情している気配はなく、とてもよく眠ったからか頭もすっきりしている。いつまでも寝ていないで起きなくては。

痛み止めが切れているのか、右腕の傷が少し痛むが、これは鎮痛剤を飲めば……。

「……ぅ、わ……！」

起き上がろうと少し身を動かしたら、体中がミシミシと悲鳴を上げ、腰に甘苦しい痛みが走った。

怪我をした腕よりも、セックスで酷使した体のほうが痛むなんて、どれだけ荒淫にふけっていたのだろうと少々恥ずかしい。

改めて我が身を見ると、浪川に借りた大きなパジャマの上を着ていた。

恐る恐る襟元から中を覗くと、胸や腹にキスの痕がいくつもついているのが見えた。いつもはそれほどつけられることのない、内腿や足首にまで、たくさんの痕が残っている。

これ以上ないほど明らかな逢瀬の名残に、頬が火照ってくる。

（……昨日の、すごくよかった）

今までのセックスも、もちろん蕩けるほど気持ちよかったが、昨日のそれは格別だった。

浪川が「T」だと知り、彼の想いを感じることができたからだろう。

今まで、「T」にはずっと励まされてきた。

心の支えだった彼が実は浪川で、知らず体を重ねる関係になっていたなんて、冷静に考えれば驚きだが、もしも彼に想いを抱かれているなら、それを受け入れるのにためらいなどはない。

律だって「T」に恩以上の気持ちを抱いていたし、浪川に心惹かれ始めてもいたのだ。だったらこれはやはり「運命」なのではないか。

（でも、複雑な運命って、どういうことなんだろう？）

自分にはまだそれを話す資格がない、と浪川は言っていた。

体を合わせた感覚が正しいのならば、浪川と律とは、もうお互いに好意を持っているように思える。今までまったく恋愛経験のない律にはよくわからないのだが、感情を言葉で伝えることに、資格などというものがいるのだろうか。

いったいどんな運命の複雑さが、浪川に想いを告げることをためらわせているのだろう。

あんなにも甘く狂おしく、体が溶け合うほどに交わって、どこまでも悦びに溺れることができるのに……。

「……あれ。あの音、もしかしてアラームじゃなくて、俺の携帯の着信音？」

先ほど目覚め際に聞こえた音が、また鳴っている。

確かリビングで充電させてもらっていたのだったと思い出したから、のっそりと体を起こして立ち上がり、寝室を出た。

でも、ゆっくり歩かないと腰が抜けそうでなんとなく不安だ。

おぼつかない足取りで、壁に手をついてよろよろとリビングのほうへ進んでいくと。

「あっ、と……」

うっかり隣室のノブにパジャマの大きな袖口を引っかけて、ドアが開いてしまった。

この家にいろとは言われたが、家の中ならどこにでも出入り自由だと言われたわけではない。開けなかったことにしてリビングに行こうと思い、律はノブを押し戻しかけた。

だが、一瞬視界の隅に入ったものがひどく気になって、手を止めて目を向ける。

ガラスの扉がついた、洒落た飾り棚。

コレクションケース、とかいうのだったか。小ぶりな置物や小物、写真立てなどが、いくつか飾られている。

その中に見たことのあるものがあったから、律は思わず固まってしまった。

——そんなはずは、ない。

冷静な頭が否定する。でも見間違いようもないくらい、それは律の記憶を鮮やかに呼び覚ます。

律はふらふらと部屋の中に入って、ケースの前に歩み寄った。

そうして瞬きもせず、目の前のものを凝視する。

金無垢の、ずっしりと重そうな懐中時計。

文字盤の縁には、ぐるりとダイヤモンドがちりばめられている。

最後にこれを見たのは小学生のときだし、よく似た別物ではないかと思おうとしたのだが、懐中時計の外側の縁、八時のあたりには、見覚えのある傷がある。

骨とう品として大変な価値のある時計なので、名のあるオークションに出せば億の値がつく代物だという話で、今泉家にとって家宝と言ってもいいその時計を、父はとても大切にしていた。

だがあるとき、借金の取り立てに来たヤクザが、金目のものだと無理やり奪い取っていったと、母はそう言っていた。元々取り立ての激しさに悩んでいた父は、そのことがきっかけで思い詰めてしまい、無理心中をはかるに至ったのだと。

母が時計を見ると取り乱してしまうようになったのは、そのせいで——。

（どうして浪川さんが、これを？）

浪川に骨とう品収集の趣味があり、億の値がつくというこの懐中時計を気に入って、偶然買い取ったのだろうかと、一瞬そう考えた。

だが、浪川は「T」だ。

元々父の知り合いだったのだし、偶然手に入れたにしては、今泉家に近い存在でありすぎる気がする。

そうかといって、これがなんなのか知っていてわざわざ入手したのだとしたら、父の形見でもあるこの懐中時計の存在を律に黙っているのは、なんだか少し不自然ではないかと思う。

もしや浪川が複雑な運命だと言ったのは、これがここにあることと関係があるのだろうか。まさかとは思うが、父を追い詰め、これを奪っていったというヤクザと、何かかかわりが……？

「……また、鳴ってる？」

いったんやんだ着信音がまた鳴り出したので、律は懐中時計から無理やり目を離し、リビングへと走った。

ローテーブルの上で鳴っていた携帯電話を取り上げ、画面を見ると、見覚えのある番号が表示されていた。

由美の入院先の病院だ。何かあったのだろうか。

「はい、今泉です！」

『あ、やっと通じた！　こんにちは、東都病院オメガ精神衛生科の松本《まつもと》です。今泉由美さんの息子さんの、律さんですかっ？』

「は、はい、そうですが」

松本は由美の主治医のアルファ女性だ。どこか慌てた声に、ヒヤリとしながら答える。

胸騒ぎを覚えて、律は訊いた。

「あの、母に何かあったんですかっ？」

『はい、実はお母様が、院内で転倒して頭に怪我をされて』

律が言葉の意味をのみ込むのを待って、松本が落ち着いた声で続ける。

『今すぐ、こちらに来られますか？』

思いがけない事態に頭の中が真っ白になりながらも、とにかくすぐに向かわなければと、律は浪川が用意してくれていた服に着替え、マンションを出てタクシーを拾った。

夕方の混んだ道で渋滞につかまり、気を揉みながらも到着すると、由美はいつものベッドで眠っていた。

「申し訳ありません、新米のスタッフが時間を訊かれて、思わず時計を……」

「少し頭をぶつけたようでしたが、検査の結果異常はありません。どうかその点はご安心ください」

主治医の松本と担当看護師の説明によると、由美はたまたま通りかかった新人看護師に時間を訊ね、時計を見て取り乱したらしい。父を追いかけなければと言って病室を抜け出して、階段で転んで頭を打ってしまったのだという。

律が浪川のマンションであの懐中時計を見つけたのが、まるで虫の知らせだったかのようだ。

(なんだか、罰が当たったみたいだ)

昨日は浪川と甘く抱き合い、浮かれた気持ちになっていただけに、何をいい気になっていたのだろうと余計に心が塞ぐ。

律は父が起こした事故のことを、普段はなるべく考えないようにしてきた。何しろ律自身には事故の記憶がなかったし、オメガとして大変なことはあっても、自分なりに努力して懸命に生きていれば道は開けるのではないかと、そう信じて今までやってきたのだ。

でも、どんなに学業を頑張っても、誰かを好きになっても、結局過去の出来事からは逃れられない。自分はどうやっても幸せにはなれないのではないか。

そう思うと、ひどく気が滅入《めい》ってくる。投げやりになってはいけないと思うのだけれど、ひどくむなしい気持ちになってしまって……。

「……あ……」

携帯に着信が来たので確かめると、浪川からだった。何も言わずに部屋を出てきてしまったから、心配してかけてきてくれたのだろうか。

「すみません、ちょっと、失礼します」

病室を出て電話に出ると、声が聞こえてきた。

『律か。今どこにいる？　なぜ部屋にいないんだ』

「母の病院です。怪我をしたから来てくれって言われて、それで」

『部屋を出ては危険だと言っただろう？　俺に連絡してくれれば、ちゃんと連れていってやったのに』

「それは……、でも……」

いくらか非難めいた浪川の声に、なんとなく反発心が湧く。

病院からの突然の呼び出しに動転してしまったのは確かだが、浪川に連絡しようと気が回らなかったのは、あの部屋で時計を見つけてしまったせいもある。

あれがあそこにあったのは本当に偶然で、律の父の持ち物だったことを浪川は知らないのか。それとも知っていて、何か理由があってわざわざ手に入れ、律には黙っていたのか。

どうしても確かめずにはいられず、律は努めて冷静な声で言った。

「あなたの部屋で、時計を見ました」

『時計？』

「昔俺の父が持っていた、懐中時計です。どうしてあなたが、あれを持っているんですか？」

『……っ』

電話の向こうで浪川がかすかに息をのみ、それから沈黙する。

どうして黙るのだろう。

時計を手にしたのが本当にただの偶然で、あれがなんなのか知らなければ、ただ入手した経緯を話してくれればいい。

知っていて黙っていたのなら、そのわけを教えてくれたらいい。

でも黙ってしまうのは、律にとっては一番してほしくない反応だった。

あの時計に関して、浪川には話せない、あるいは話すのには不都合な理由があるということだからだ。律は声が震えそうになるのを抑えながら言った。

「あの懐中時計は、父の……、今泉の家の、宝物でした。亡くなった父がそれは大切にしていたものです。あなたは父と親しかったんですよね？　時計のことをご存じでしたか？　ヤクザが借金のかたにあれを持っていったこと、知っていましたか？」

問いかけにも、浪川は答えない。

携帯を持つ手が汗ばむのを感じながら、律は訊いた。

「あなたは、父の知人の『T』として、ずっと俺を助けてくれていたんですよね？　父とは、いったいどういう知り合いだったんです？　あの頃……、今から十年近く前、あなたは何をしていたんですか？　その頃はもう、表側の人間、だったんですか？」

自分で口に出してみて、律はヒヤリとした。

坂口が話していた浪川の過去。浪川自身が後ろ暗いと言っていた昔の話。

律の父が生きていた頃の浪川は、まだせいぜい二十歳そこそこだろう。人には言えないようなことをして糊口をしのいでいたというのなら、彼は父を追い詰めたヤクザの側の人間だった可能性もある。

もしかしてだからこそ、彼はずっと正体を隠していたのだろうか。

そう思い至って愕然とする。

浪川がもしも父を追い詰めたヤクザとかかわりがあって、その後黙って律に近づき、「T」として律を助けていたのなら、それはとんでもない偽善だ。

その上律の体を抱き、好意まで匂わせていたのなら――――。

『……迎えの車をやる。そのまま、そこにいるんだ』

いくらか硬い、浪川の声。

どうやら律の質問には一つも答える気はないみたいだ。

迎えの車で律を連れ戻して、浪川はどうするつもりなのか。このままちゃんと説明せず、誤魔化そうというつもりか。

あるいは今までのように律を庇護し、なんやかやと面倒を見て、発情すればキスやセックスで慰め、懐柔しようと……？

「あなたはっ……、あなたはやっぱり、ヤクザだったんですかっ？　何もかもわかってて、俺をもてあそんでいたんですかっ？」

『……律、落ち着け』

「もしかして、父を追い詰めて無理心中に追い込んだのも、あなたなんですかっ？　だからあの時計を持っていたんですかっ？　俺に手を差し伸べてくれたのは、罪滅ぼしのつもりだったんですかっ？」

気が昂《たかぶ》って刺すような口調で問いかけていたら、頭が熱くなって泣きそうになった。

そんなの、絶対に許せない。あの懐中時計を、止まってしまった家族の時間を取り戻さなければと、怒りでどうにかなりそうだ。

だがこれだけ問いを重ねても、浪川は弁解の言葉一つ口に出さなかった。

だったらもう、それが答えだろう。

全部が全部律の言ったとおりではないのかもしれないが、彼は律を欺いて、親切ぶって面倒を見ていたのだ。

それればかりか好意すら見せ、律を何度も抱いてのぼせ上がらせて――――。

「……あなたを、見損ないました」

目の奥がツンと痛くなるのを感じながら、律は告げた。

「あなたの顔なんて、もう見たくない。声も、聞きたくないっ」

『……律……！』

呼びかける声が聞こえたが、律は通話を切り、そのまま携帯電話の電源も落としてしまった。

（ずっと、信じていたのに）

病院から下宿に帰る道すがら、腹立たしさと哀しさとで涙が浮かんできた。

ずっと心の支えだった「T」と、初めて好きになった相手である、浪川。

二人が同一人物だと知り、これはきっと「運命」なのだと思ったけれど、まさかこんな結果になるなんて思わなかった。

冷静になって考えてみれば、律をあそこまで支え、経済面でも面倒を見てくれていたことを、ただ善意からの行動だととらえていたのが間違いだったのかもしれない。

結局のところ、人は理由もなく誰かに親切にしたりしないのだ。下心や企みなんてこの世界にはありふれていて、悪い人間はいつでも獲物を狙っている。

浪川がどうだったのかはわからないが、律の過去は当然知っていたし、父を追い詰めたヤクザを許せないと思っていることも含め、律から話もした。

なのに全部黙っていて、二人の関係を「運命」だとまで言うなんて。

「……お、帰ってきたか」

めそめそしながら下宿の前まで来たら、いきなり誰かに声をかけられた。

見回すと、門の陰に坂口がいて、少し驚いた顔でこちらを見ていた。

「どうした、泣いてんのかおまえ？　旦那と喧嘩でもしたのかあ？」

「坂口、さん？」

「なんなら俺が取り持ってやってもいいぜ？　こっちも旦那に用があるからよぉ」

「……？」

どうして坂口が下宿の前にいるのだろう。もしかして、律を待っていたのだろうか。でも、坂口は下宿の場所を教えるような間柄ではない。まさかわざわざ調べて……？

「……いっ……」

いきなり頭の後ろに衝撃を受け、目の前が真っ暗になる。何が起きたのかわからぬまま、律は地面に崩れ落ちた。


腕をぐっと後ろに引っ張られる感覚に、律は小さくうめいた。

「……おいおい、おまえなあ。もうちっと優しく扱ってやれよ！　ったく、さっきも思いっきりぶん殴るしよぉ」

「すいやせん、アニキ」

「これだけの上玉のオメガなんだぜ？　まだ噛まれてもいねえし、これ以上傷つけたらもったいねえだろぉ？」

「ッス」

「へへ、それにしても、旦那がこんな若いのにお熱だとは、意外だよなあ。体中にエロい痕をいっぱいつけてよ、若いオメガはアッチのほうがいいのかねえ、やっぱり？」

ひどく下卑た、男の声。

坂口の声だと気づいたので、声のするほうに顔を向けようとしてみるが、どうしてか後頭部が痛んで、頭を起こせない。

腕は背中のほうに回ったまま動かせないし、体も妙な具合にねじれて、肢も動かない。

いったい、どうなって――――。

「お、目が覚めたか？」

瞼を開くと、目の前に坂口が屈み込んで律の顔を覗いていた。傍らにはもう一人、見たことがない大柄な若い男が立っている。

目だけを動かして周りを見ると、そこは天井の高い、倉庫のような広々とした場所だった。

坂口がニヤニヤ笑って言う。

「悪ぃなあ、こいつ、弟分なんだが、ちょいと力加減間違えちまって」

「う、う？」

「ああ、これもすまねえが、口も手足も拘束させてもらってるぜ。そうそう人に気づかれるような場所でもねえが、騒がれると面倒なんでな」

坂口の言葉にゾッとする。

いきなり頭を殴られて気絶させられ、目が覚めたらどこだかわからないところに連れ去られていて、手足を縛られて話せないよう口も封じられている。

恐ろしい事態に体が震えてくる。

確か浪川の手回しで、坂口は律には手を出すなと言われていたはずだが、律がこんなことになるということは、浪川自身も危険なのではないか。

「なんだよ、震えてんのか？」

「っ！」

「そりゃ、さすがにビビんのもわかるぜ。昨日も奴の店で怖い目に遭ってるわけだし、俺もここまでしたくはなかったけどよぉ」

坂口が言って、困ったように続ける。

「おまえ、浪川の旦那の恋人なんだろ？　とにかく捕まえてこいって、上から命じられちまってよ。俺にも立場ってもんがあるんだよ。悪く思わねえでくれや」

猫撫で声でそう言われて、ますますおののきを覚える。

上、というのは例の郷田という男のことか。料亭からの帰り道に浪川が言っていたように、やはり律は恋人だと思われ、拉致されたのか。

話しぶりからすると、もしや店を襲撃した件にもかかわっているのか……？

「……おう、坂口。よくやったな」

倉庫の入り口から低い声が響いて、坂口がさっと立ち上がる。

手下とおぼしき大柄な男たちを三人ばかり連れてこちらに向かって歩いてきたのは、料亭ですれ違ったあの郷田だ。ヤクザの組長だと言われれば確かに、と納得してしまうような、こわもての雰囲気を醸し出している。

震えながら見上げる律に、郷田がフンと鼻で笑って言う。

「こんな若いオメガにご執心とは、浪川の野郎もずいぶんと趣味が変わったな。いくつだって？」

「十九の、学生らしいです」

坂口が答えると、郷田がまたフンと笑って、煙草を取り出した。坂口がすかさずライターを取り出して火をつける。

郷田がふう、と長く煙を吐き出して、小さく首を横に振る。

「まったく、こんなちんちくりんのガキに夢中になってるような輩に、この俺がシノギの邪魔をされているとはなぁ。なんとも情けねえ話じゃねえか」

　嘆くように言って、大げさにため息をつく。

「北園のオヤジも耄碌したもんだ。浪川なんぞを取り立てて、古参の幹部をないがしろにしようってんだから、俺でなくとも店の一つや二つ、潰してやりたくもなるってもんだ。まあ、さすがにあれはちょぃとやりすぎたかもしれんが、幹部連中の総意ってやつだからなぁ」

　おかしそうに、郷田が笑う。

　昨日の襲撃は、郷田が画策したことだったのだろうか。あれが「幹部の総意」だなんて、やはり自分の身よりも、浪川が心配になってくる。

　郷田がうんざりした顔で言う。

「オヤジに特別に目をかけられて、表に回った今も何かにつけて重んじられてりゃ、よく思わねえ奴が多いのも当然だ。ヤクザへの締めつけもきついこんな時代に、一度は見限った奴をすっぱり切らねえってのは、オヤジの弱さかねえ」

「えっ、浪川の旦那、破門されてたんですかぃ？」

「ああ、そういや坂口は知らねえのか。あいつはちょぃと特殊でな。杯交わす前に追い出されてるから、破門ってのも正しくはねえんだが……」

どこか苦々しい顔つきで、郷田が言う。

「浪川はアルファだが、施設上がりのやんちゃなガキでな。オヤジに拾われて、俺の兄貴分がやってた闇金で回収を手伝ってたんだ。その時分に、金を借りてた男が嫁とガキを車に乗せて無理心中をはかってな」

「……っ……！」

一瞬耳を疑ったが、そんな痛ましい出来事がそうあちこちで起こるとも思えない。それはどう考えても、律の父のことではないか。

やはり浪川は、父を追い詰めたヤクザの側の人間だったのだ。回収を手伝っていたということは、まさかあの懐中時計を奪ったのも浪川本人だったのか。だから浪川はあれを持っていたのか。

ショックを受けている律をよそに、郷田が話を続ける。

「兄貴に聞いた話じゃ、浪川の奴はそれですっかり参って、自分はとてもヤクザにはなれねえって、オヤジの元からしっぽ巻いて逃げてったらしい。まったく気の小せえ男だぜ」

蔑むように郷田が言って小さく笑うと、坂口も同調するように笑った。

けれど郷田の顔からは、すぐに笑みが消えた。吸いさしの煙草を足元に落とし、忌々しげな顔で靴で踏みにじる。

「なのに今じゃ、オヤジの一番の相談役だ。生意気に大学なんぞ出て表でも人脈を作って、警察やら政界やらにまでコネがあるらしい。まったく忌々しいことだ！」

そう言って郷田が、陰惨な目をする。

「そんな輩をいつまでものさばらせてたんじゃ、北狼会の名が廃るってもんだよなあ？　せっかく手に入れたんだ。この番のガキを使って、浪川の野郎を……」

「オヤジ、それがどうも、こいつまだ噛まれてねえみてえなんですよ。まあもちろん、アッチのほうはヤりまくってたみてえなんですがね」

「何、噛まれていないだと？」

郷田が怪訝そうな顔をする。坂口が律に近づいてチョーカーを外し、郷田に首を見せて言う。

「ほら、見てください。綺麗なもんでしょ？」

「……ほお、番のいないオメガか！」

郷田が目を輝かせる。

「よく見りゃなかなか器量のいいオメガじゃねえか。薬漬けにでもして淫売に堕としてやろうと思ったが、ちょうどいい、今夜の競りに出してやろう」

「オークションですかい？」

「ああ。こいつなら高値で売れるだろう」

（オークションて、もしかして、人身売買のことっ？）

二人の会話の意味を悟ってゾッとする。

そんなことは当然犯罪行為だし、どこかに売り飛ばされるなんて考えただけで恐ろしい。

そういえば浪川が、郷田は禁じられた取引で荒稼ぎしていると言っていた。海外の富裕層がどうのと話していた気もする。海外に売られでもしたら、それこそもう二度と戻っては来られないのではないか。

恐怖で知らずガクガクと震え始めた律を郷田が冷たく見下ろし、坂口に命じる。

「こいつを競りに出せるようにして、写真を撮って浪川に送ってやれ。浪川の奴をおびき出す」

「オヤジ、じゃあ……！」

「あの野郎を始末して、ゆくゆくは俺が北狼会の跡目を継ぐ。急いで準備しろ！」

「承知しました！」

坂口が興奮した声で答える。律は怯えながら郷田を見上げているしかなかった。

『ほう、これはなかなか。年は……、十九？　それは若い』

『容姿も悪くないですな。我が主の好みのタイプだ』

『肌には張りと弾力があるな？　キスの痕もこんなにくっきりとつくのだ、鞭や縄を使えば、さぞかし嬲りがいがあるだろう』

「……うぅ……！」

　ゴムの手袋をした手で腹のあたりをまさぐられて、律は眉根を寄せてうめいた。

　窓のないサロン風の部屋。

　律は服を全部はぎ取られ、大理石の台の上に展示物のように乗せられていた。

　肢をM字に開いた格好で革の拘束具で固定され、局部から後孔までむき出しにされている。腕は背後でくくり上げられていて身動きがとれず、口枷を噛ませられているのでまともに声も出せない。

　部屋には同じような台がいくつも置かれており、取り巻くように並べられた丸テーブルには、シャンパンやカクテルのグラスを手にした「客」たちがいる。

　これはいわゆる闇オークションというやつなのだろう。

　売られているのは皆オメガだ。買い手はアルファや、アルファを主人に持つベータのようで、彼らは次々に近づいてきては、「商品」の体を無造作にいじくって、何語かわからない言語で品定めしていく。

律には彼らが何を言っているのかはわからないが、時折洩れる下卑た笑い声や好色な表情から、自分が高評価を得ているらしいことだけは伝わってくる。

律はたまらず、客たちから顔を背けた。

(嫌だ、こんなの……!)

郷田は闇オークションの主催者の立場らしく、組の幹部連中と思しき手下数人と一緒に客たちの間を歩き回って、律を是非にとすすめて回っているみたいだ。できるだけ値を吊り上げて、高く売ろうと思っているのだろう。

坂口のほうはずっと戸口や人の出入りを気にしていて、先ほど一緒にいた大柄な男のほかにも、用心棒みたいな男を何人か使って、あちこちにらみを利かせている。

どうやっても逃げ道などなさそうだ。

(浪川さん、本当に来るのかな)

競りが始まる前、律は坂口にこの恥ずかしい姿を写真に撮られた。浪川に送ったと言っていたから、もしかしたら律を助けに来るかもしれない。

この状況から救い出してほしいとは思うけれど、郷田は浪川をおびき出して始末すると言っていた。浪川が殺されるなんて嫌だから、できれば来ないでほしいという気持ちにもなる。

まさかこんなことになるなんて、思いもしなかった。彼との「運命」はどこまで複雑なのだろう。

『俺にはまだ、それをおまえに話す資格がないように思えるんだ』

昨日の晩、浪川が律にそう言ったときの、なんとも沈痛な表情を思い出す。

浪川が実は「T」で、その「T」こそが、父を無理心中へと追い込んだヤクザだった。

それがわかってみると、彼がすべてを打ち明けられなかったのも当然だと思える。

浪川は律の家庭を崩壊させた当の本人でありながら、自分の身分を隠してずっと律を支えていたのだ。

それだけでもわけがわからないことなのに、「T」であることを隠して援助交際のような関係になり、想いを抱き合うようにまでなるなんて、いったい彼はどういうつもりだったのか。

最初は罪滅ぼしをしたいという思いがあったのかもしれないが、浪川が何者なのか最初から知っていたなら、彼に抱かれたり好きになったりするなんて、絶対にありえなかっただろう。

そう思うと、なんだか納得がいかないような気持ちがあるけれど。

「う、ぅっ！　ふぅ、うっ」

『ほう、後ろが未使用でないのは残念だが、中は綺麗な色をしているな？』

『いじれば前もちゃんと反応するか。敏感なのはいい』

『乳首もいいようだな。ツンと勃ってきたぞ』

デリケートな部分を客たちに無遠慮にいじられ、身をよじって抵抗しようとするが、拘束具がきつく食い込むばかりで逃れることができない。ゴム手袋をした指で窄まりをぐちゅぐちゅとまさぐられて、嫌悪と恥辱とで吐きそうになる。

客たちの目には、好色な欲望か冷徹な値踏みの視点しか見えない。彼らはオメガを、純粋に玩弄の道具としてしか見ていないのだ。

触れる手やまなざしからありありとそれを感じて、絶望的な気分になる。

（……浪川さんは、違った）

律に触れる浪川の手はもっと優しく、いつでもいたわりと気遣いがあった。

健康で立派な体を持つアルファとして、発情しているオメガの律を前にしたら、暴走してもおかしくはなかったのに、いつも律を傷つけぬよう丁寧に体をほどいて、反応を見ながら抱いてくれていた。

何度もキスの痕を残されはしたが、今にして思えば、あれは彼の想いの丈だったのではないかと思える。

浪川の行為には、ちゃんと心があった。過去はどうあれ、浪川は自分に好意を持ってくれていたと思うし、だからこそ自分も彼に惹かれ、好きになったのだ。

改めてそう気づいて、目に涙がにじんでくる。

（浪川さんに、伝えたい。俺の気持ちを、ちゃんと……）

強くそう思いはするけれど、こんなことになってしまったらもうそれは不可能かもしれない。たとえこの状況から救い出されて、彼に好きだと告白できたとしても、これ以上関係を続けることができるかというと、それも難しいだろう。

律の家庭を壊し、父の命と母の心の安定を奪った相手との未来を望むことなんて、律にはとてもできない。

浪川が、律の発情を鎮めるために抱き合うことを嬉しいと言いながら、律もそうであればと望むのをおこがましい望みだと言ったのも、きっとだからだろう。

結局は、それが二人の「運命」だったのだ。そう思うと、ただただ涙が溢れてきて――。

「……オヤジ、奴が来ましたぜ！」

ちょうど律の隣の台の前に来ていた郷田の元に、坂口がやってきて短く告げる。

郷田がにやりと笑って、手下たちと共に律の前に歩いてくる。

「浪川の奴が来たようだぞ」

「っ……！」

「一人で来いと言ったら本当に一人で来たようだ。よほどおまえが大事らしいな。まったく、泣けるじゃねえか」

郷田がそう言ってフンと笑う。

戸口のほうを見ると、スーツ姿の浪川が、坂口や用心棒のような男たちに周りを囲まれながら、こちらへとやってくるのが見えた。

こんな明らかに罠とわかる場所に、危険をかえりみず一人で乗り込んでくるなんて。

「よお、浪川。よく来たな」

台の前まで来て、律のあられもない姿を見て眉根を寄せた浪川に、郷田が軽く声をかける。こちらを真っ直ぐに見たまま、浪川が言う。

「これはいったいどういうことなんです、郷田さん。こいつには手を出してくれるなと、そうお伝えしてあるはずですが？」

「ふはは、そうだな。確かにそう聞いたような気もするなぁ、北園のオヤジんとこの兄貴から」

郷田がおかしそうに笑いながら言って、それからドスの利いた低い声で続ける。

「だがまあ、もうそういう状況じゃねえってことはおまえもわかってるはずだ。タマの取り合いに仁義も何もねえだろが」

「なるほど。だから俺の店も、あんなふうに襲撃させたんですか」

浪川が言って、鋭い目で郷田を見据える。

「こういう場を開いて禁じられたオメガの人身売買を行っていることは、すでに大親分の耳にも入っている。それをわかっていて、あんたはこんなことを？」

「北園のオヤジはもうすぐ病でくたばる。てめえがどれだけ気に入られていようが、ここで始末しちまえば終わりだ。そうなりゃ、ルールなんざいくらでも変えられるだろうが」

小ばかにしたようにそう言うと、郷田が用心棒のような男たちにチラリと目配せした。

男が一人、浪川にぐっと身を寄せると、浪川がかすかに目を細めた。

ほかの客たちには見えないようにうまく手元が隠されているが、男が拳銃を握って浪川の脇腹あたりに押しつけているのが見えたので、律は悲鳴を上げそうになった。

郷田が勝ち誇った顔で言う。

「まあこれも北狼会の総意だ。てめえみてえな半端な奴に組はやれねえ。組を継げないのは心残りだろうが、てめえはここで終わりだ」

「……やれやれ、心残りときたか。こいつは驚きだ」

絶体絶命みたいな状況なのに、浪川が呆れたように言う。

「そこそこ長い付き合いだってのに、あんたは何もわかってないんだな。そもそも俺は、組の跡目争いになんぞ、なんの興味もないぞ？」

「フン、負け惜しみを言うな。その気もないのにオヤジに取り入ったりするわけがねえだろうが」

「別に取り入ってもいない。俺は手伝いをしてきただけだ。北園の大親分が、組を畳むためのな」

「……なんだと？」

「あの人は北狼会の看板を下ろす気なんだよ。だからもう跡目も何もない。一部の古参の幹部は、ずいぶん前から知っている話だぜ？」

「ふざけるな！　そんな話があるかっ！」

郷田が気色ばんで言い返すが、動揺したのかその目は泳いでいる。

郷田の周りの手下の男たちや、傍に来た坂口にも寝耳に水の話だったのか、ひそひそと何か言い合う。

浪川が冷ややかに告げる。

「あんたに話が回ってないってのは、つまりはそういうことなんだろうさ」

「なっ？」

「ほどほどにしときゃよかったのに、こんなオークションなんぞ開くから、いいかげん愛想が尽きたってとこだろう。じきに絶縁状でも届くんじゃないか？」

浪川の言葉に、郷田が絶句して立ちすくむ。

よくわからないが、郷田はヤクザ組織の中で何かまずいことをしたのだろうか。手下の男たちもどうしたらいいのかわからない様子で、顔を見合わせている。

するとすかさず浪川が律の台に近づいて、隠し持っていたらしい折り畳みナイフを取り出し、革ベルトを切って律の拘束をといた。そうしてジャケットを脱いで律の体を包み、台から抱き下ろしてくれたので、思わず胸にしがみつく。

安心させるように律の背中をとんとんと叩いて、浪川が郷田に告げる。

「悪いがこいつは売り物じゃない。連れて帰らせてもらうぜ、郷田さん」

「……あぁ？　行かせるかよ！」

郷田がうなるように言って、恐ろしい形相で浪川をねめつける。

「てめえだけは許せねえ……、そのガキともども、ここでぶっ殺してやる……！」

郷田がスーツの懐に手を入れ、中から黒光りする拳銃を取り出したので、律はヒッと悲鳴を上げた。オークションの客たちにもそれが見えたのか、ざわつき始める。

だが浪川は、律を背後にかばいつつも不敵な笑みを見せて言った。

「まったく、あんたはわかりやすくていいな。いい目印になる」

「っ？」

「そら、お客さんだ。出迎えてやれよ」

浪川がそう言った途端。

怒号とともに、部屋に何人もの男たちがなだれ込んできた。

「警察だ！　全員動くな！」

男たちの中の指揮官らしき男が叫ぶ。

突入してきた者たちの背には、警視庁の文字が見えた。ドラマや映画などでしか見たことのない光景に、一瞬郷田が唖然とした顔を見せる。

「な、なんでっ？　どうしていきなり、摘発なんてっ？」

坂口が上ずった声で言うと、郷田が目を見開いた。

慌てふためく客たちと、制圧される用心棒たち、それから浪川を見て、郷田が驚愕したみたいに言う。

「浪川、てめえまさか、サツにたれ込みやがったのかっ？」

「さあて、なんのことかな？」

「こ、この野郎っ、ふざけやがってっ……！」

激高した郷田が拳銃を両手で持ち、こちらに狙いを定めた瞬間、浪川がその手を横から払って身を寄せ、腹に当て身を食らわせる。

郷田は拳銃を握り締めたまま、その場に膝から崩れ落ちた。

「慣れないオモチャを振り回すもんじゃないぜ、郷田さん。トップってのは、何があっても泰然としてるもんだ。まあ、それができてりゃこうはならなかっただろうがな」

浪川が言って、律を守るように抱き寄せる。律は震えながら浪川に身を寄せていた。


『これはなあ、律。幕末の貿易商が持っていたものなんだ。なんでも、あの坂本竜馬とも親交があった人物らしいぞ？』

金無垢の懐中時計を返してもらい、この手に取り戻した瞬間、かつて父がそう話していたのを律は懐しく思い出した。

たぶん、律がまだ小学生になったかならないかの頃だろう。律を膝に乗せて時計の逸話を話す傍らには、まだ若い母の姿もあった。

もうすっかりあの頃の思い出は薄れてしまっていたが、ごくありふれたの仲のいい家族だったと、そう記憶している。

「何か、飲むか？」

浪川のセカンドハウスのリビングで、ソファに座って懐中時計を見つめている律に、浪川がキッチンから静かに訊いてくる。

けれど律は、首を横に振った。浪川もどうしてもすすめたかったわけではないようで、黙ってキッチンから戻ってくる。

もう、何もかも話すときだと感じたのだろう。浪川がゆっくりと口を開く。

「……十代の終わりの頃、俺は街で荒れた生活を送っていた。それがひょんなことから北園の大親分に拾われて、債権回収の仕事を手伝うことになった。おまえの父親が金を借りていた、闇金でだ」

窓辺に立って見るともなしに外を見ながら、浪川が言う。

「その時計は、兄貴分が取り立てに行ったときに、金目のものだからと持ち帰って、換金するまでの間預かっていたものだった。だがそいつは別件で逮捕されて、どうしたものかと思っていたら、おまえの父親が自動車事故を起こしたと知った」

そう言って浪川が言葉を切り、こちらに目を向ける。

「何か嫌な予感がしたから、俺はこっそり病院を見舞った。そうしたら、おまえの母親が半狂乱になって泣き叫んでいた。あれは事故じゃない、お父さんは苛烈な借金の取り立てで追い詰められて、無理心中をはかったのだと」

それは、律がずっと由美から聞かされてきた話と同じだ。

でも事故後の混乱の中、浪川が病院で直接話を聞いていたとは思わなかったから、その事実に驚かされた。律だって事故のあとしばらく入院していたのだから、もしかしたら病院ですれ違うくらいしていたかもしれない。

「当事者のおまえからしたら、ふざけるなと思うだろうが、俺はその件にとてもショックを受けた。生まれて初めて強い罪悪感を覚えもした。でも俺は、何も感じていないふりをした。ヤクザってのはこういう世界だ、これが俺がこれから生きていく世界なんだと、そう思おうとしたんだ」

浪川が哀しげな表情を見せて続ける。

「だが北園の大親分には見抜かれていた。おまえはアルファで、本来は裏の世界で生きるような人間じゃない、おまえが犯した罪を償いたいと思うのなら、表の世界へ戻れ。俺はそう諭されて追い出されたんだ。本物のヤクザになる前にな」

「そういうこと、だったんですか……」

郷田や浪川自身から聞いた浪川の過去の話が、ようやくつながった。

記憶をたどるように視線を浮かせて、浪川が言う。

「俺は、何も持たない存在だった。ただアルファだというだけの、空っぽな人間だった。でも犯した罪を償うなら、そのままではいられない。俺に正しい道を示してくれた大親分に恩を返したい思いもあったから、俺は学ぶことにした。最初はアルバイトをしながら、その後は自分で店を持ちながら。おまえや母親の様子も、ときどき見ながらな」

「そんな頃から、俺を？」

「ああ。義務教育の間はオメガには支援の手が行き届いていると聞いていたから、最初は高校進学の時期になったら密かに支援しようと考えていた。でもあの夏の日、それとなく様子を探りに行ったら、おまえは家で一人きりで寝込んでいて、もう放ってはおけないと思った。知り合いの弁護士の高木に相談して入院させて、おまえの父親の知り合いを装って手紙を出し始めたんだ」

初めてもらった「T」からの手紙には、律への気遣いとともに、進学を強くすすめる言葉が書いてあった。

あとからわかってみれば、浪川自身の経験がそれを書かせたのかもしれない。

「おまえは真面目に勉学に励んで、無事に高校を出て田舎で就職することが決まったよな？　それからしばらくして手紙の返事が来なくなって、気にはなっていたが、もしも自分の役割が終わったのなら、もうそっとしておこうと思ったんだ」

そう言って浪川が、薄く微笑む。

「まさか半年後に、知り合いの店でボーイとして働いているところに出くわすなんて、夢にも思わなかったさ」

「……あれは、偶然だったんですか？」

「そうだよ。自分の目が信じられなかったから素性を調べて、学生として東京に戻っていたことを知った。店で見かけるたびにいつ話しかけようかと迷っていたら、例のマネージャーの男に売られそうになってるところに出くわしたってわけだ」

浪川が言って、かすかに艶めいた声で告げる。

「それからは、なんというか……、まるで、おまえに引き寄せられていくみたいだった。坂口と揉めた件と急な発情とで、成り行きで手を出したら、もう自分を抑えられなくなった。だからおまえに、ああいう関係になるように持ちかけた」

「浪川さん……」

「だがどんなに抱いても、胸に抱いた想いを口にするわけにはいかなかった。それはきっと、これからも。……もう、そのほうがいいだろう？」

その問いの答えをこちらに求めるのはズルい気もするが、それは律もそう思う。律のほうだって同じことだからだ。

初めて好きになった人。

求めれば想いを返してくれるであろう、優しくて温かい心を持ったアルファ男性。

いつの間にかこんなにも好きになってしまっていたのに、そして彼も同じように想ってくれているのに、互いの想いを告げることなく別れなければならないなんて、これ以上ないほど哀しいことだ。

でも、浪川は律の家庭を壊した、誰よりも憎むべき相手だ。それなのに好きになってしまったなんて、死んだ父にも、長年心の病に苦しむ由美にも、とても顔向けができない。

(きちんとお別れするのが、けじめなのかもしれない)

浪川は優しいから、泣いてその胸に飛び込み、全部許すから傍にいてほしいと告げれば、きっと律の言うとおりにしてくれるだろう。

けれどそれは、たぶん愛じゃない。いつか律の彼への想いをも壊してしまうような、何か別のものだ。

だったらもう、終わりにしなければ。

律は涙をこらえて浪川を見つめ、静かに言った。

「あなたのお店を、辞めさせてください」

「……ああ。それは、もちろん」

「あなたとは、二度と会わないつもりです。俺はもう、ここにも、お仕事場のマンションにも行きません。今まで援助していただいたお金は、時間がかかっても返させてください」

きっぱりとそう言うと、目の奥がツンと痛くなって、目の縁にじわりと涙が浮かんできた。溢れ出しそうなのをどうにかこらえていると、浪川は何か言いたげな顔をしたが、目を伏せて黙った。

そうして小さく首を横に振って言う。

「金を返してもらう必要は、ないよ」

「そうはいきません。とてもたくさんのお金だし、本当にいつまでかかるかわからないですけど……、絶対に、お返ししますからっ」

語尾を震わせながらそう言うと、浪川がチラリとこちらを見た。

律の決意が固いことを察してくれたのか、やがて浪川がうなずく。

「……わかった。何もかも、おまえの気がすむようにしてくれていい」

「そうさせて、いただきます。今まで、お世話になりました」

これ以上泣かずにいることは難しそうだったから、律は時計を胸に抱いて立ち上がった。

浪川に背を向けて、律は言った。

「さようなら、浪川さん。辰之、さんっ……」

二人の出会いは、確かに「運命」だったのかもしれない。

だが、きっとここで終わる定めだったのだ。

律は自分にそう言い聞かせて、振り返りもせずに部屋を出ていった。

◆ ◆ ◆

「母さん、大丈夫？　階段上れる？」

「大丈夫よ。ありがとう、律」

由美の手を引いて、律はゆっくりと階段を上る。

二週間ほど前に引っ越した、このオメガの低所得者向けのアパートは、三階建てなので
エレベーターがついていない。古い建物だからスロープなどもついていないのだが、とに

かく格安なので文句は言えない。

何よりそこその広さがあるので、病院を退院してデイケア施設に通うことになった由美と、これからは二人で暮らすことができるのだ。

(ここでなんとか、生活を立て直さなきゃ)

浪川と別れた翌日。

律はテレビのニュース番組で、郷田の逮捕と、彼の非合法な闇商売が摘発されたことを知った。例のオークションについては直接触れられていなかったが、今までにも被害者が多数いたようで、警察が捜査を進めているとのことだった。

浪川が手を回してくれたらしく、律はあの場にいなかったことになっているが、あんな目に遭うオメガが、どうか一人でも減ってほしい。オメガがもっと暮らしやすく、周りにきちんと受け止めてもらえる社会になってほしい。できるなら、困っているオメガの力になりたい。

ニュースを見ていて、律は切実にそう思ったのだが、今の自分にいったい何ができるというのだろうと、改めて我が身を振り返って気が沈んだ。

浪川のおかげで学生をやっていられて、由美の入院費用も工面できていたが、これからはそうはいかない。

アルファの男の庇護をなくした律は、ただのなんの取りえもないオメガで、しかも発情期の管理すらまともにできない体質だ。これ以上学生を続けることも、働いて金を稼ぐことも、どちらもとても難しいだろう。

律はすっかり落ち込んでしまい、どうしたらいいのかわからなくなってしまったのだが、確か大学に学生相談窓口があったはずだと思い出して、藁にもすがる思いで行ってみることにした。

年かさの事務職員を前に少々緊張しつつも、金銭的に大変困窮していること、発情のコントロールが難しい体質であることを話すと、入学してから今まで一度も相談に来なかったことにとても驚かれ、必ず力になるから何も諦めるなと強く言ってもらえた。

ひとまず学費免除での休学をすすめられたのでその手続きをしつつ、教えてもらったオメガ向けの行政の相談窓口に行ってみると、そこでももっと早く相談に来てくれればと言われ、その場でオメガ家庭向けの財政支援を受けられることが決定した。

体質についても、とても面倒な手続きや証明書類、病院での検査などが必要だったが、律は最終的に特異体質のオメガと認定され、医療福祉支援の対象となった。

由美のほうも通所型の療養施設に受け入れてもらえることになり、なんとか生活のめどが立ったのだった。

何も知らないというのは怖いことだと、律はしみじみそう思った。

「さあ入って、ここが新しい家だよ」

アパートに招き入れてそう言うと、由美は玄関のたたきに立ったまま小首をかしげた。リビングのない３ＤＫだが、二部屋は南向きで風通しもいい。二人で暮らすには十分すぎるくらいの広さだと思う。

まだ状況をのみ込めていない様子の由美をダイニングの椅子に座らせて、律は優しく言った。

「お茶、淹れるね。お昼は焼きそばでいいかな？」

律は今、以前世話になっていた「パンファクトリー・結」でアルバイトをしている。由美の退院に付き添い、デイケア施設にも慣れてもらうためにしばらくお休みにしてもらっているので、その間は由美の面倒を見るつもりだ。

そちらが落ち着いたら律のほうも定期的に医療機関に通って、発情が不安定な状態を少しでも改善すべく治療を受けることになっている。全部が上手くいけば、いずれは大学に復学することもできるだろう。

ただ律は、浪川と別れてからはまだ一度も発情していない。発情期にさんざん悩まされてきたので、しばらく来ないのなら別にそれでもいいのだが、あれからもうふた月くらいは経っているのが気にかかる。

もしかして、別れた心労でオメガフェロモンの分泌が止まってしまったのだろうか。

(浪川さんに、会いたいな……)

時折ふとそう思って、胸がチクリと痛む。

そうしなくてはと理性で決めて、もう会わないことにしたのに、心はまだ彼に恋をしているみたいだ。彼の声や笑顔、触れる手の温かさを思い出すたび、失ってしまったものの大きさを自覚させられる。

「T」としての彼からもらった手紙も菓子の缶ごと処分してしまったから、今の律には心の支えになるものがない。

前だけを見て生きることが、こんなにも難しいことだなんて――――。

「……きゃああ!」

「っ? 母さんっ?」

ふと気づいたら、由美がダイニングにいなかった。

部屋の中を見て回っているのだろうかと、律が自分の部屋にしている南向きの一部屋へ行くと、由美が床に尻もちをついてガタガタと震えていた。

いったいどうしたのかと、目を見開いて凝視している視線の先を見てみると。

「あ……！」

自分がとてつもなくうっかりしていたことに気づいて、冷や汗が出る。

父の持ち物だった、金無垢の懐中時計。

部屋の壁面にある作り付けの収納棚に無造作に置いてあったそれを見て、由美はパニックになったようだ。

もちろん、いつか由美に見せようとは思っていたのだが、手に入れた経緯をどう説明したらいいかわからなかったから、ずっと先延ばしにしていた。

こんなふうに出しておくつもりはなかったのだけれど、あれからなんとなくいつも取り出しては、表面を磨いてからまたしまっていた。今日は出がけに慌てていたせいで、出しっぱなしにしたらしい。

この時計にはいつも以上に感じるものがあったのか、由美が低い声で訊いてくる。

「……律……、ねえ、それ……、私の知ってる、時計……？」

「えっ、……ええと、それは」

「……えっ？　律……？　あなた、学校、は……？」

何か混乱を覚えたように、由美がこちらを見上げて言う。

取り乱して暴れたり、叫んだりする気配は、なさそうだけれど。

（とにかく、時計をしまおう！）

慌てて隠すみたいなのもどうかと思い、顔を見返しながらゆっくりと懐中時計を布で包むと、やがて由美が、思案げな表情で視線を落とした。

それから、ふと思い出したように言う。

「……ねえ、律。今何時かしら？」

「え。ええ、と……、十一時、すぎだよ」

「そう。じゃあお昼を作らなくちゃね？」

「俺が作るよ。母さんは疲れてるんだから――」

「大丈夫。私、作るわ」

「えっ？」

「焼きそばだったわね？　なんだかお腹すいちゃったわ」

由美がそう言って、さっと立ち上がってキッチンへ行ったので、一瞬呆気にとられた。

もう何年も母のそんな姿を見ていなかったし、引っ越したばかりの部屋のキッチンでいきなり料理ができるとも思えない。

だが慌てて追いかけると、由美はガスコンロの下の収納を探ってフライパンを見つけ出し、冷蔵庫からは肉と野菜と麺の袋を取り出していた。

どうして急に、こんなに普通の行動を……？

（もしかして、あの時計のせい？）

何やらわけがわからないが、ほかに思い当たることもない。手際よく調理を始めた由美の背中を、律は半ば唖然としながら見ていた。


あの懐中時計を目にしたことは、由美の中の何かを確実に動かしたらしかった。

その夜も由美は食事を作り、翌日はデイケア施設の帰りに一緒に買い物もして、得意料理の煮込みハンバーグを作ってくれた。

律は幼少時、それが大好きだった。ずっと食べたいと思っていたが、自分では上手く作れなかったと話すと、由美は少し驚いていたものの、同時に何か納得したみたいな表情も見せた。そして、これからはまたいくらでも作ってあげるから、と言ってくれた。

もしかして、長年患ってきた心の病が快方に向かい始めているのだろうか。

「診察、あんまり待たなくてよかったね」

タクシーの後部座席に並んで座る由美の横顔に目を向けながら、静かに話しかける。

由美が退院して、今日でちょうど一週間。

先ほど東都病院の主治医、松本医師の元で、退院後初の診察を受けてきたのだが、問題なく生活できている様子を話すと、また半月後に来るようにと言われた。

本当に、このまま穏やかによくなってくれるなら、いいのだけれど。

「ふー、ただいまだね。お茶でも淹れようか」

帰宅するとなんだか喉が渇いていたので、律はそう言ってキッチンに行き、湯を沸かそうとやかんに手をかけた。

けれど由美は、何も言わずに律の部屋に入っていく。どうしたのだろうとついていくと、由美は収納棚の前に行き、律を振り返って言った。

「ねえ、律。この間の懐中時計、見せてくれない？」

「え」

「あれ、パパのよね……？　怖いヤクザが押しかけてきて、無理やり奪っていった……、どうして律が、あれを持ってるの？」

「そ、それは……」

あれが何なのか、いきなり思い出したらしい由美に真顔で訊ねられ、焦ってしまう。

いずれは話そうと思っていたが、まだどう言おうかちゃんと考えてはいなかった。

でも、浪川のことを話すつもりはない。律は少し考えてから、布で包んだ時計を手に取って広げ、何げないふうに答えた。

「あ、これね。これは、その……、ほら、リサイクルショップってあるでしょ？　こないだたまたま質流れ品とかを扱ってるお店に行って、そこで見つけたんだよ。値段も手頃だったから、最初はよく似た模造品かなんかだろうと思ったんだけど、よく見てみたら父さんので。俺もびっくりしたんだよね！」

億の値がつくといわれていた逸品なのに、そんな適当な作り話が通じるだろうかと不安だったが、由美は何も言わずに律の手の中の懐中時計を見ている。

律は由美に時計をよく見せながら続けた。

「ほら、ここの傷とか、懐かしいでしょ？　幕末の貿易商の話、父さんが何度もしてくれたよね。覚えてる？」

ためらいながらも訊ねると、由美は時計を見つめ、八時のところにある傷をそっと指でなぞった。とりあえず納得してくれるだろうかと、ヒヤヒヤしながら顔を見ていると。

「……っ？」

由美の顔が見る見る赤くなり、眉がきゅっとひそめられたと思ったら、いきなり両の目からはらはらと涙がこぼれ始めたので、驚いて目を見開いた。

哀しそうな、それでもどこか嬉しそうな、なんとも言えない複雑な表情を見せて、由美が訊ねる。

「……そう、なのね？　じゃああなたは、これを買ったのね？　いくらだった？」

「えっ……、ええと、それは」

「大学生のあなたにも買えるような、そんなお値段だった？」

「う、うーん……」

値段まで考えてはいなかったので、慌てて考えようとするが、どのくらいが妥当なのか思いつかない。大学生が買えるような値段って……。

「……えっ？　母さん、俺が今大学生だって、わかるのっ？」

「やっと、わかるようになったわ。この時計が少しずつ思い出させてくれたの。本当のことを、全部」

由美が言って、哀しげに顔を歪める。

「私……、私ね。本当は知っていたの。この時計には大した価値がないんだってこと」

「……え……？」

「パパは会社を経営していたけど、本当は商才も、家族を養おうっていう気概もなかったの。あちこちからたくさんのお金を借りたのに、返す気なんてさらさらなかった。だから私、あんな嘘をつ……！」

「母さん……、何を言ってるの……？」

思いも寄らない由美の言葉に、わけがわからず顔を見つめる。

嘘とはなんのことだろう。わかっていたっていったい何を――？

「パパ、結婚する前からずっと言っていたの。困ったらこの時計を売ればいい、骨とう品で億の価値があるんだって。けれど、どう見ても金無垢には見えなかったし、私は内心、本当かしらって疑ってた。それでも自分の夫を疑いたくなかったから、現実から目を背けていたの」

由美が涙ながらに言う。

「ヤクザからもお金を借りて、何度も督促状が来ても、パパは大丈夫だって誤魔化してた。あるとき、取り立てに来た相手に苦し紛れにこの懐中時計を差し出したあと、家族でドライブをしようって、夜なのに私と律を連れ出して」

「……それって……」

「あの事故の、二日前よ。着の身着のままで出てきたのに、しばらく旅行をしようって言って全然家に帰ろうとしないから、あなたが寝ている隙にどういうつもりなのって訊いたら、金なんかない、返せるわけがないんだから逃げるしかないだろ、ってキレたのよっ」

「そんな。じゃあ時計を奪われたっていうのも、ヤクザに追い詰められたって話も？」

「嘘だったの。パパはただどこかへ逃げられればそれでよかったの。事故を起こしたのも運転を誤ったからで、無理心中なんてする気、あの人にはなかったはずよっ」

まさかそんな真相があったなんて思いもしなかった。ああ、と嘆いて、由美が言う。

「私は愚かだったわ。パパがそういう人だってうすうすわかっていながら、ずっと見ないふりをしていた。そんな自分に耐えられなくて、ヤクザに追い詰められて無理心中をはかったっていう作り話にすがってしまった。でもそうやって一つの嘘を信じたら、もう何が現実なんだかわからなくなってしまってっ……」

「母さん……」

由美が心を病んだこの十年が、懐中時計を取り戻したことで氷解していくのを目の当たりにして、言葉を失う。

突然の打ち明け話を息子としてどう受け取っていいのか、混乱してしまうけれど。

(浪川さんのせいじゃ、なかったんだ……!)

死んでしまったことは哀しいけれど、父の事故は、ある意味父自身の弱さが招いたことだ。由美が心の袋小路に迷い込んでしまったのも、浪川とは関係がないことだったのだ。

もしも父の死に罪悪感を抱き続けているなら、その必要はないと彼に教えてあげたい。

もう恋心を諦める理由はないのだし、会って話したい気持ちが募ってくるけれど。

（……それは、駄目だ）

今の状況で顔を合わせたら、自分はたぶん、浪川への恋情に溺れてしまう。自分では何もできない人間になって、彼にすがって生きようとしてしまうかもしれない。

浪川のことは恋しいけれど、自分はこのままじゃ駄目だ。まずはしっかり自分の足で立って、それから――――。

「っ……、ぃ、痛……！」

浪川のことを考えていたら、急に下腹部に痛みが走った。

今まで味わったことがないような、シクシクとした嫌な痛みだ。急にどうしたのだろう。

「……律？　どうしたの、大丈夫？」

「う、うん、なんだろう、急にお腹が……、ぅ、うっ！」

「律、ねえ、ちょっととっ」

座っていられなくて、お腹を抱えて床に転がると、由美が慌てた顔で覗き込んできた。

わけがわからずうめいていると、由美がハッと気づいたように言った。

「……救急車！　救急車、呼びましょ！」

そんな大げさな、と止めようとしたが、痛みで気が遠くなる。ダイニングの固定電話で電話をかけ始めた由美を見ながら、律は気を失っていた。

「……とりあえず、しばらくは安静にしていてくださいね。まあ初期の激しい腹痛は、男性のオメガ性にはままあることですし、恐らく心配はいらないと思います」

白衣の医師がそう言って、呆然とした顔で椅子に腰かけている由美に訊ねる。

「お母さんは、念のためオメガ精神衛生科の診察予約を取っておきますか？」

先ほど由美の診察のため訪れた東都病院。

それから数時間しか経っていないのに、今度は律が救急で運び込まれてきたのだから、病院のほうもさぞ混乱していることだろう。

ベッドに横たわる律の顔を凝視したまま、由美が医師に答える。

「ぜひ、お願いします」

「わかりました。確か、松本先生でしたね？　律さんは、お大事に」

医師がそう言って、病室を出ていく。

由美と二人きりになると、やや居心地の悪い沈黙が落ちた。

やがて由美が、独りごちるように言った。

「……まったく、信じられないわ……」

「母さん……」

「妊娠だなんて……、どうして、そんなことに……？」

由美の驚きはもっともだし、律だって正直驚いている。

浪川とコンドームなしでセックスしたのは最後の一回だけだったし、そのときだってちゃんとオメガ子宮口保護具を装着していた。

もちろん、完璧な避妊なんてありえないというのは知っているが、まさか妊娠してしまうなんて思ってもみなかった。

(どうしたらいいんだろう、俺)

こうなることを望んでいたわけではないし、そもそも自分は休学中の学生で、アルバイトと行政の支援のおかげでなんとか暮らす身だ。産んだところで育てていくお金もない。

でもだからといって、中絶するなんて考えられない。

だってお腹に宿る子供は、浪川の――。

「お母さんの、せいね……？」

「え」

「私が、母親としてちゃんとしていなかったからでしょう？　だから律は、そんなひどい目に……！」

「ひどい目って、母さん、どうしてそんな言い方……？」

「だって、あなた学生なんでしょうっ？　それに昔からとても賢い、いい子だったわ。妊娠するようなことを、自分の意思でするなんてとても思えない。誰かに、無理やりされたんじゃないの？　ねえ、そうなんでしょうっ？」

由美が何やら思い詰めた顔でそんなことを言うので、驚いてしまう。

由美は長らく律のことを小学生だと思っていたし、律としても浪川との交際を清いものだったなんて言うつもりはもちろんない。

でも律は、一度だって意に反して抱かれたことはない。いつでも合意の上で、そうしたいと思って抱き合っていた。律は首を横に振って言った。

「母さん、待って。俺、そんなんじゃ……」

「先生にお願いして、診断書を書いてもらいましょう。それから被害届を出すの！」

「被害届っ？　何を言っててっ？」

「レイプされたんでしょっ？　だったら……！」

「そんなんじゃないったらっ！　勝手な思い込みで、バカなこと言わないでよ！」

思わず声を荒らげると、由美が目を丸くした。

今まで由美にそんな態度をとったことはなかった。

でもこのままでは、きっと由美はまた、自分で作った妄想の世界に入っていってしまう。そんなのはもう嫌だった。

律はゆっくりとベッドの上に起き上がり、由美を見据えて言った。

「ごめん、大きな声出して。でも、母さんには勘違いしてほしくないんだ。俺は誰にも何もされてない。セックスしたいと思ったのは、俺の意思だよ」

由美が驚いたようにこちらを見る。律は真っ直ぐに由美を見つめて告げた。

「生まれて初めて、好きな人ができたんだ。この子は、その人の子だ」

「……好きな、人……？」

「すごく好きなんだ、その人のこと。優しくて、カッコよくて、いろんなことを知っていて。本当に、二人といないくらい、素敵な人なんだよ」

口に出してそう言ったら、目の奥がツンと痛くなった。

浪川の姿、声、仕草。口づけの甘さや、触れ合う肌の熱さ、律動の激しさ。

なるべく思い出さないようにしていたのに、彼との記憶がまざまざとよみがえってきて、喘いでしまいそうになる。

お腹の子は、間違いなく浪川の子だ。でも、彼にそれを告げるべきではない。むしろ子供ができたからこそ、二度と会うべきではないのだ。

自分がどれほど彼を想っているのか実感するほど、強くそう感じて、目が涙で濡れる。過去の因縁が解消されたからといって、子供をだしに彼をつなぎとめるようなことをしてはいけない。そんなことをしたら、自分は本当にどこまでも駄目な人間になってしまいそうだ。だから……。

「大好きだけど、もう会っちゃいけない。会うべきじゃないんだ。お腹の子がその人の子供だってことを、ちゃんとわかっていても」

「律……」

「どんなに、会いたいって思ってても……、誰よりも、愛していても……！」

感情のままにそう言ったら、もう涙を止められなかった。喉奥から嗚咽が湧き上がってきて、息もできない。

愛してる、愛してる――――。

何度も心の中でそう思って、胸が破裂しそうだ。お腹の子供が苦しくなったらいけないから、なんとか抑えようと思うのだけど、声を立てて泣くことを、どうしても止められなくて……。

「……そう……、そうだったの……。あなたは、人を愛することを知ったのね？」

由美がそう言って、ベッドの傍らに近づく。律の背中をそっと撫でながら、由美も涙を見せて言う。

「私の時間が止まっていた間、あなたはいろいろなことを経験してきたのね。とても寂しかっただろうし、誰にも頼れなくて、苦しかったでしょう？」

「母、さっ……」

「ごめんなさいね。傍にいて話も聞いてあげられなくて、本当にごめんなさいねっ……」

涙声でそう言って、由美がそっと体を抱き締めてくる。

「……赤ちゃん、産みなさい、律」

「え」

「二人でなら、きっと育てていける。私も、また働けるように頑張るから。大切に育てていきましょう。ね？」

由美の温かい言葉に、また涙が溢れる。

授かった新しい命を、大事に守っていこう。とめどなく泣きながらも、律はそう心に決めて、そっとお腹に手を添えた。

◆◆◆

「わぁ、見てごらん春。桜が咲いてるよ！」

ベビーカーに座ってきょろきょろと周りを見回している息子の春に、律は語りかけた。

代々木公園の桜は満開だ。

もうすぐ一歳になる春は、まだ話したりはできないけれど、はらはらと落ちてくる桜の花びらに興味津々で、手を伸ばしてはあーうーと声を立てている。

去年の今頃はとてもお腹が大きくて、家の近くの川辺に植わっている桜を眺めただけだった。でも今年は息子と電車でここまで来られて、ベビーカーを押して楽しく花見散歩だ。時が経つのは早いものだとしみじみ思う。

律はジャケットの外ポケットから父の懐中時計を取り出し、十一時を指す時計を感慨深く眺めた。

たぶん、浪川のところで保管されている間は、ほとんど触れられていなかったのだろう。時計店でオーバーホールしてもらってねじを回したらちゃんと動いて、以来大して遅れも進みもせず時を刻んでいる。まるで新しい今泉家の歩みを見守るかのように。

（あれから、本当に時間が動き出した感じだったな）

律の妊娠がわかったあの日、由美は松本医師に自分に起こったありのままを話し、投薬やカウンセリングを続けながら就労したいという希望を伝え、その後福祉施設でパートタイムの仕事を始めた。十年以上働いていなかったので、いろいろと慣れないこともあるようだが、仕事にはやりがいを感じているようだ。いずれは正職員に、という話もあって、見違えるほど元気になった。

律のほうも、ふた月前から春を保育園に預けてパン工場のアルバイトを再開していた。休学中の大学に戻るめどはまだ立っていないものの、行政の支援もあるので、貧しいなりになんとか暮らしている。先のことはまだわからないが、ちゃんと自分の足で立っているという実感があった。

浪川のことは、やはり時折頭をかすめるものの、なるべく思い出さないようにしていた。

「ん？　どうしたの、春？」

ベビーカーを止めて桜を見上げていたら、春が何かに興味を持ったようにあーあーと声を立て、手を前に伸ばし始めた。ベビーカーを前に進めるよう、促しているみたいだ。

確かに花見なんて、幼い子供には面白くないかもしれない。ここに来る途中の電車や通りを走る車には目を輝かせていたから、ちょっと公園の外の道を散歩して、それからお気に入りのベビーフードでランチにしようか。

律はそう思い、ベビーカーを押して井ノ頭通りのほうへと歩いた。

公園を出て道を渡り、洒落た雰囲気の通りを進んでいくと、道の半分くらいを塞いで一台のトラックがとまっているのに出くわした。

気をつけながら追い越すと、そこはどうやら新規開店準備中のカフェのようだった。

「……ああ、そうだ。花はその脇に飾ってくれればいい」

「……っ！」

店の入り口の前で、こちらに背を向けてスタッフに指示を出している男の声に、一瞬息が止まりそうになった。

思わずさっと向きを変え、近くの曲がり角にベビーカーを押して進んで、向こうから姿を見られないよう身を隠す。突然の思いがけない邂逅に、動悸が止まらない。

（今の、浪川さん、だよね？）

声を聞いて後ろ姿を見ただけだが、どうしてか律には、あの男性が浪川だとはっきりとわかった。匂いがしたとかそういうわけでもないのに、まるで魂が彼だと認識したような感じだ。

完全に途切れたと思っていた「運命」の糸が、まだつながっていたのだろうか。

近くまで歩いていって声をかける勇気はなかったが、本当に彼なのか、どうしても確かめずにはいられない。律は激しい心拍を抑えられぬまま、道の角から顔だけ覗かせて先ほどのカフェのほうを見てみた。

「……！」

長身の体躯に明るい色のスーツ。目鼻立ちのはっきりした精悍な顔。

男は、やはり浪川その人だった。まさかこんなところでばったり会うとは思わなかったが、もしかして彼の新しい店なのだろうか。

スタッフと何か話している姿は快活な様子で、実業家としてますます成功し、精力的に働いているであろうことが見て取れる。

道を隔てて彼の姿を覗き見ただけなのに知らず胸がキュンとなって、恋しさが募ってきたから、律は声を洩らしそうになった。

(ああ、そうなんだ。俺まだ、浪川さんのこと……！)

律が憧れ、心惹かれた男は、変わらず素敵なままだった。

甘酸っぱい恋情が、律の心を震わせる。

浪川のことを、自分はまだ好きなままなのだ。吹っ切って忘れたふりをしていたけれど、心は彼を想っていたのだ。

改めてそう気づかされて、切ない気持ちになる。

でも、浪川にはもう二度と会わないと決めたのだ。今さら子供ができていたなんて知っても、迷惑なだけだろう。

幸い律には気づいていなかったようだし、このまま立ち去ろう。律もどうにか平穏な毎日を送れるようになったのだし、今度こそこれきりにして忘れたほうがいいはずだ。

律は浪川からなんとか顔を背けて、ベビーカーを押して歩き出そうとした。

すると、視界の端を人影が横切った気がしたから、気になってチラリと目をやった。

（……あれ。あの人は……？）

先ほどの店の前に止められたのトラックの脇に、すすけたグレーのコートを着たひげ面の男が立っているのが見える。店の入り口からはちょうど死角になっていて、わずかに腰を屈めながら、徐々に浪川のほうに近づいていく。

ひどく落ちぶれたような風貌だが、よくよく見てみると、男は坂口のようだ。どこかぎらついたその目は、瞬きもせず浪川をにらみつけている。

何か嫌な感じがしたから、ベビーカーを背後にかばいながら、坂口をじっと注視する。

やがて坂口が、コートの胸に手を入れて何か取り出した。

黒くて鈍く光る、ずっしりと重そうな塊。

それが拳銃だとわかったから、律は思わず叫んだ。

「浪川さん、危ないっ！」

声が届いたのか、浪川が驚いた顔で振り返る。坂口がギョッとした顔でこちらを見て、それから浪川に拳銃を向けて叫ぶ。

「うぉおおおおっ」

パンッと大きな発砲音が響いたから、律は悲鳴を上げ、頭を抱えて屈み込んだ。

あたりが騒然となって怒号が飛び交う。

「よし、確保した！」

「警察に連絡しろ！」

はきはきとした男の声に、恐る恐る顔を上げると、坂口が屈強な男三人の手で地面に押さえ込まれているのが目に入った。

浪川は——。

「律！　律だなっ？」

どうやら弾は当たらなかったのか、浪川がこちらへ駆けてくる。

「おまえはなんともないなっ？」

「は、はい……、大丈夫、です……、あっ……」

目の前に膝をついた浪川に体をぎゅっと抱きすくめられ、ドキドキと胸が高鳴る。

律の背中を優しく撫でて、浪川が心底安堵したように言う。

「よかった。声をかけてくれて助かったよ。念のためボディーガードを雇ってはいたが、おまえがいなかったらやられていた」

「ボディー、ガード？」

「あれからいろいろあって、最近は何かと物騒なんでな。それにしても、まさかこんなところでおまえに会うとは」

それは律もそう思う。

でもたまたま通りかかっただけだし、話をするつもりはない。

二度と会わないと決めていたのだし、自分はもう行かないと。

言わなければならないことは次々浮かんでくるのだが、それを口に出そうと思っても上手くできなかった。

浪川の力強い腕に抱かれ、彼のスパイシーな匂いを吸い込んだら、心の奥にしまっておいたはずの想いが、溶け出すみたいにじわじわと湧いてきて……。

「あーう！　あーう！」

何も言えず、身動きもできずに浪川に抱かれるままになっていると、春がベビーカーの中で声を立てた。浪川が春を見て、小首をかしげる。

「……この子、もしかして、律の……？」

「はい……」

おずおずと答えると、浪川がハグをほどき、ベビーカーを覗き込んで言った。

「可愛い子だ。アルファの、男の子だな？　名前は？」

「は、春です。季節の、春」

「春か。……ん？　何か主張しているみたいだな」

「え、と、そろそろ、お腹がすいてきたんじゃないかと」

「授乳ってことか？　何か月だ？」

「十一か月、です。なので、離乳食がメインで」

「ほう、そうか。実に健康そうな、いい子だな！」

「あ、ありがとう、ございます」

どうして子供が、とか、誰の子供なのかとか。

そういう話にならないのがなんだか予想外で、どうしていいのかわからない。

でも、これ以上向き合っていたらきっと話すことになる。だったらやはり、さっさと立ち去ったほうが――――？

「――――うらぁあああっ」

「っ？」

逡巡していたら、浪川の店の前から雄叫びが聞こえたので、ギョッとして目を向けた。

坂口がボディーガードの男たちを振り払い、こちらに走ってくるのが見える。

その手にもう拳銃はなかったが、代わりに銀色に光るものが目に入った。

「あっ……！」

ナイフだとわかり、とっさに春を守らなければと前に出ようとしたら、浪川に腕をつかまれて引っ張られた。

浪川の背後に倒れ込んだ、次の瞬間。

「きゃああ！」

野次馬《やじ》の中から悲鳴が上がる。

慌てて見上げると、浪川と坂口が向き合い、まるで静止画みたいににらみ合っていた。

困ったみたいに笑って、浪川が言う。

「……気がすんだか、坂口？」

「っ……！」

「そら、お迎えのサイレンが聞こえてきたぞ。そろそろ、おとなしくしろよ」

静かだがすごみのある声音に、坂口がひるんだように口唇を震わせる。

そこへ追いかけてきたボディーガードたちが坂口につかみかかり、アスファルトの上にうつ伏せに押しつけて動けぬよう体重をかけた。

そうして今度は暴れられないように、両腕を背後に回してベルトか何かでくくる。

浪川がひとまず店に連れていくよう指示すると、坂口はもう抵抗もせず、男たちに引きずられていった。

だが浪川は店に戻らず、道の端によけて力なく座り込む。

恐る恐る、様子を見ると……。

「……浪川さん、それ……！」

浪川の左の腿に深々とナイフが刺さっていたから、叫びそうになった。思わずベビーカーを引いて駆け寄った律に、浪川がため息交じりに言う。

「律、すまんがちょっと、肩を貸しててくれるか？」

「は、はい！」

浪川が腕を伸ばしてきたので、隣に座って肩に回し、上体を支える。

スパイシーな彼の匂いに混ざって、かすかに血の匂いが漂ってくる。

「あ、あのっ、大丈夫、ですよねっ？」

「さあ、たぶんな」

「たぶんっ?」

「動脈でもかすめてなきゃ大したことはないさ。拳銃の弾を食らってたら、そっちのほうがヤバかったんじゃないか?」

浪川が肩をすくめて、軽い調子で言う。

「おまえがいなかったら確実に死んでた。親の敵なのに助けてくれて、ありがとうな」

「浪川さん……」

そういえば、あれから浪川と交流を絶っていたから、父の事故死の真相も話していなかった。彼はいまだにあれを自分のせいだと思っているのだろう。図らずも再会したのだから、せめてそれだけはきちんと説明したほうがいいのではないか……?

「お、警察が来たな。……ん? なんだ、春坊はパトカーが気になるか?」

ベビーカーから乗り出してサイレンの音がするほうを見ている春に、浪川が言う。

こんな修羅場なのに、春はまったく動じていない。

息子の無邪気な様子にいくらか心慰められつつも、律は浪川との衝撃的な再会に心乱されていた。

その後、坂口は駆けつけた警察に逮捕、連行された。

浪川は病院に搬送され、律は警察署で少し話を訊かれることになった。

警察の様子から、どうやらあの襲撃は起こるべくして起こったことのようだと感じたが、そういった話は律にはほとんどされず、結局浪川の搬送先すらも教えてもらえないまま、律は帰宅することになった。

「あんまー！　んまー！」

「よかったわねえ、春君。ママが帰ってきて！」

「ただいま、春。仕事中だったのにごめんね、母さん」

「いいのよ。それにしても物騒な世の中よねえ！　銃だとかナイフだとか、とても現実の話とは思えないわよ！」

警察署まで行くことになったので、急遽由美に来てもらって春を託したのだが、その場で何があったか話しても、由美にはまるで現実感がなかったみたいだ。ヤクザがどうこうなんて律にももうすっかり別世界の話だったから、その気持ちはよくわかる。

もしも話の流れで、実は襲撃されたアルファ男性が春の父親なのだと打ち明けていたとしても、信じてはもらえなかっただろう。

（そのことは、浪川さんにも話すつもりは、ないんだけど……）

もう会うまいと思っていたけれど、あんなことになったのだから怪我の具合くらいは知りたい。もしこのまま二度と会えなくなったら、きっと後悔すると思う。

でも、あの店の前で偶然姿を見ただけで、律の心はときめいたのだ。また会って話をすれば、今度こそ離れがたい気持ちになってしまうかもしれない。

春が彼の子供だということも、話したくなってしまうかもしれないし……。

「……？　これって……？」

春を抱っこしてあやしながらあれこれ考えていたら、携帯に着信があった。覚えのある番号だったので通話ボタンを押すと、律の耳に男性の声が聞こえてきた。

『こんばんは。弁護士の高木です。直接話すのは久しぶりだね？』

「は、はい！　お久しぶりです、高木さん！」

「T」こと浪川の知り合いの弁護士、高木。中学生のとき、浪川の代わりに律を入院させ、学校に通えるよう助けてくれ、手紙のやりとりも仲介してくれていた人だ。うんうん、と相づちを打って、高木が言う。

『実はまた彼からの依頼でね。昼間の件で何かあったら、僕を頼るよう言ってほしいって』

「あなたを……？」

『うん。きみをとても怖い目に遭わせてしまったと、彼は嘆いていてね。でもヤクザがらみの件だし、自分から直接連絡することを、きみは望まないかもしれないから、って』

気遣うようにそう言ってから、高木は昼間の事件に至った経緯を話し始めた。

坂口が例の闇オークションの事件のあと、郷田と共に「北園の大親分」と呼ばれていた人物に破門されたこと。

浪川の手助けもあって、例の北狼会という暴力団があのあと本当に解散したこと。

行き場を失った坂口が浪川を逆恨みして、ずっと襲う機会を窺っていたということ――。

警察では聞けなかったそんな裏話を知ったら、ヤクザの世界はやはり怖いなと、律は感じた。浪川は世の中の常識からしたらいいことをしたのだろうに、それでも悪く思う者もいて、あんなふうに襲撃されたりもする。

けれど、浪川はヤクザではないのだ。直接連絡しないでおこうという気遣いも彼の誠実さの表れだと感じるし、やはり父の事故のことだけは、律の口からきちんと伝えるべきではないか。

『……まあそんなわけで、あの事件に関して何かあれば僕が代理人になるから、安心して。差し当たってきみに伝えるべきことは以上だけど、何か質問はあるかい？』

無駄なく丁寧に話をしてから、高木が訊ねてくる。

律は少し考えてから、高木に訊いた。

「……浪川さんの入院先を、教えてもらえますか？」

『え』

「俺、浪川さんに会いたいんです。会って話したいことが、あるんです」


それから一週間後の、よく晴れた午後のこと。

「はい、あーん」

「あー、んむ！」

「おー、全部食べたね。美味しかったね、春」

浪川が入院している病院の敷地にある、小さな庭園。

気持ちのいい風が吹く屋外のベンチに座って、律はベビーカーに座る春に離乳食を食べさせている。

離乳食は瓶入りの鮭リゾットと、軟らかくゆでておいた野菜だ。少し粉チーズを加えるととてもよく食べてくれる。食後にまだフォローアップミルクを足しているが、もうしばらくしたら牛乳に切り替えてもよさそうだ。

(浪川さん、そろそろ来るかな)

高木に病院を教えてもらい、面会に行くと伝えてもらったものの、今日は由美が急遽出勤になったので、律を預かってもらえなくなってしまった。病棟に小さな子供を連れていくわけにもいかず、どうしたものかと思っていたら、病院のほうから庭でなら子連れでも面会可能だと言われたのだ。

桜はとうに散っていたが、整然と並ぶコンテナに植えられたチューリップが咲き始めていて、入院患者やその家族と思しき人たちがゆったりと花を眺めている。律が生まれる少し前にも、近所の生花店でチューリップの花束を見かけたなと、懐かしく思っていると。

「……よう、律。春坊も」

病院の職員に車椅子を押されて、浪川がこちらにやってきた。あとでまた呼んでくださ い、と言って職員が去っていくと、浪川が春のベビーカーを見て小さく笑った。

「はは、おそろいだな、春坊と。昼飯を食わせていたのか?」

「はい」

「飯はよく食べるのか?」

「ええ、とても」

「それはよかった。俺のほうは病院食だよ。別にまずくはないが、そろそろ好みのものを食いたいもんだ」

浪川が言って、薄く微笑む。

春がミルクを欲しがっている様子だったので、手早く作って膝の上に抱き上げて飲ませてやる。その様子を見ながら、浪川がぼそりと言う。

「見舞いに来てくれるとは思わなかったよ」

「え、どうしてです？」

「こんなに可愛い子供がいて、平和に暮らしているんだろう？　今さら俺のせいで嫌なことを思い出させてしまうのも、申し訳ないなと」

「浪川さん……」

そんなふうに思うならわざわざ来たりしないのにと思うが、浪川がそう考えるのは、やはり父の事故死に負い目に感じているからだろう。

もうその必要はないと、今こそきちんと伝えなければ。

律は浪川を真っ直ぐに見つめて言った。

「浪川さん。あなたは父の敵なんかじゃありません。あれはただの事故だったんです」

「律……？」

「強いて言えば人の弱さが、ああいう哀しい事故を引き起こしたんです。あなたは悪くないんです」

「人の、弱さ……？」

浪川が心底驚いた顔をしたから、律はあのとき何が起こっていたのか順を追って話した。家庭人、会社経営者としての父の弱さ。それを見ないふりをして平穏な家庭を維持していた由美の弱さ。欺瞞、自己逃避、嘘――。

家族の内実や本当のことを全部話すのはとても苦しかったが、それに振り回されたのは律だけではない。律の家庭を壊したという罪の意識があったからこそ、浪川は「T」として律を支えようと考えたのだろう。

事故が無理心中だったという話も、もう一度きっぱりと否定して、律は告げた。

「あれは本当に、事故だったんです。だから、もしも浪川さんがあれを自分のせいだと思っているのなら、そんなことはないと断言します。母も今はもう心の健康を取り戻していますし、ほんの少しでも罪悪感なんて、持たないでください」

すべて話し終えると、沈黙が落ちた。

やがてミルクを飲み終わった春がむずかり始めたから、そっと抱き上げてあやす。そよぐ風が、三人を撫でるみたいに吹き抜ける。

「……そうか。そういうことだったのか」

浪川がどこか儚い表情を見せて言う。

「それでも、もしかしたらお父上は、亡くなることはなかったかもしれないよな、この社会にヤクザや闇金なんてものがなかったら？」

「それは……、確かにそうかもしれないですが……」

「いや、いいんだ。それを言ったらきりがないのはわかっている。俺やおまえ個人の力では、どうしようもないことだよな」

浪川が小さくうなずく。

「こう言っていいのかはわからないが、ほんの少しだけ、肩の荷が下りた。おまえもつらかっただろうに、話してくれてありがとうな、律」

浪川がそう言ってくれたから、こちらもなんだか安堵した。

伝えられてよかったと思っていると、浪川がしみじみとした様子でこちらを見つめて、嬉しそうに言った。

「おまえ、なんだかずいぶんとしっかりしたな。母は強しってやつなのかな？」

「さあ、どうでしょう。俺は別に、何も変わってはいないと思うけど」

「そうか。俺も、何も変わってはいないよ。おまえが背を向けて、俺の部屋から去っていったあのときから、何一つな」

「浪川、さん……？」

こちらを見つめる浪川の目が、なんだか艶めいて熱を帯びていたから、ドキリとしてしまう。

律への気持ちは、何も変わっていない。まるでそう言っているみたいだ。

その目を見ているだけで、また胸がキュンとして、甘酸っぱい気持ちになってくる。

（……でも、駄目だ……）

けじめをつけるために別れて、もう会わないと決めたのだ。

過去のことも話して、せっかく肩の荷が下りたと言ってくれたのだし、こちらこそこれ以上彼の人生の邪魔になってはいけない。無理やり浪川から目をそらして、律は告げた。

「……あ、あのっ、でも俺、あれからすぐに結婚したんです！　この子は、その人との間の、子供なんです！」

「ほう？」

「母は、今は福祉施設で働いていて、俺もちゃんと前に進み始めました。だから……」

「……だから？」

「その……、もしも今でも、何か気にしてくれているのなら、俺は大丈夫ですから。もう、俺のことは忘れてくださいっ」

気丈に告げたつもりだったのに、胸がきゅっと締めつけられてしまったから、語尾が少しだけ上ずった。

心にもないことを言うとき、人はこんなにもつらい。

一年半と少し前、浪川と別れたときに内心感じていた気持ちをありありと思い出して、涙が出そうになる。

必死になって泣くのを我慢している律に、浪川がふむ、と息を一つ吐いて言う。

「忘れろ、か。それは無理な相談だな」

「ど、して、ですか？」

「だってそうだろ。もう会えないと思っていたのに、俺たちはこうしてまた出会ってしまった。おまけにかけがえのない宝物まで存在しているんだからな」

「あっ……」

浪川が車椅子に座ったままひょいと春を抱き上げ、縦抱きにして優しく揺らす。その柔らかい髪に愛おしそうに口づけて、浪川が告げる。

「実を言うと、俺は知っていたんだ。おまえがアルファの男の子を生んだことを。暮らし向きも、それとなくな」

「……！」

「だが、あえて連絡するのは控えていた。おまえはもう、俺とはかかわりを持ちたくないのだろうと思っていたから」

そんなこととは知らなかった。浪川は律や春を気にかけてくれていたのだ。唖然としている律に、浪川が言う。

「でもこうして腕に抱いてしまったら、さすがに黙っているのは難しい。匂いでわかるよ。この子は、俺の子だろう？」

あっさりと嘘がバレたので、うろたえてしまう。

なんとかして否定しようと思ったけれど、浪川が真摯な目をしてこちらを見たから、それ以上何も言えなくなる。

ゆっくりと言葉を紡ぐように、浪川が言う。

「おまえの気持ちがどうでも、俺はおまえを愛している」

「……っ……」

「だが、おまえはおまえの今を生きている。だから結婚相手とやらからおまえを奪う気はないよ。おまえの幸福の邪魔は、絶対にしない。昔からずっとそう思ってきたんだ。何も変わらないさ」

浪川がそう告げて、薄く微笑む。

「俺はまたイニシャル一文字の男に戻って、この先もおまえの、そしてこの子の幸せを祈って生きていく。それが俺の愛し方だなんて言ったら、ちょっとカッコつけすぎか？」

「な、みかわ、さっ……」

温かく真っ直ぐな言葉に、こらえきれず涙が出てくる。

律だって、何も変わらない。ずっと「T」を思い、浪川に惹かれ、別れても恋しく思っていた。

でも、本当にそれを告げてもいいのだろうか。こんなにも無力なままの自分なのに、彼の手にすがっても……？

「お、れは……、一人じゃ何もできない、何も持たない、オメガです」

「そんなことはない。立派に親をやってるじゃないか」

「お金もっ、返すって言ったのに、まだちゃんと働いても、いなくて……！」

「そんなこと、俺が気にしているとでも？」

「両親と同じで、俺も弱い人間です……、嘘も、つきましたっ」

「俺はたぶん、その嘘を嘘だと気づいている。それに、おまえは弱くなんてない」

浪川が言って、小さく笑う。

「なあ、律。もしもおまえの中に、俺に告げたい想いがあるのなら、抗うなよ、『運命』に。こうしてまた出会えた奇跡を、疑わずに信じてくれ」

「浪川、さん……、辰之さん……！」

二人を何度も出会わせてきた、「運命」。

そんなふうに言われたら、もう気持ちを抑えることなんてできない。

律は春を抱く浪川に、すがるように身を寄せた。

浪川が左腕で春を抱き直し、右腕を律の背中に回して、ぎゅっと抱き締めてくる。

律は浪川を見上げて、震える声で言った。

「俺……、俺、本当は結婚なんて、してませんっ……」

「律……」

「だってあなたが、好きだからっ……、あなたしか、好きじゃないからっ！」

「……嬉しいよ。おまえがそう言ってくれるなんて」

浪川が言って、優しく微笑む。

「どうか俺にも言わせてくれ、律。父親として、この子を一緒に育てさせてほしい。俺と結婚して、番になってくれないか」

「……はい、喜んで。ずっと傍に、いてください……！」

巡り巡ってまた一つになった、運命の輪。無上の喜びに、また涙が流れてくる。

キスをねだるように顔を近づけると、浪川がそっと口唇を重ねてきた。

彼の香りに包まれ、体温を感じて、心が甘く潤む。

誰よりも愛しい人と心が通じ合えた喜びを、律はうっとりと噛み締めていた。


「……綺麗な月ですね。そろそろ、満月なのかな？」

「確か、そうだな。月の満ち欠けが発情に影響するというのは、どうやら本当のようだ」

山際に昇り始めた月が、露天風呂の湯に映ってゆらゆらと揺れている。

都心から車で二時間ほどの温泉郷の、ひなびた老舗旅館。

律と浪川は、二人でささやかな新婚旅行に来ている。昨日からそろそろ発情しそうな気配があったので、急遽春を由美に任せてやってきたのだ。

今夜か、明日か、遅くとも数日以内には、二人はここで番になる。そう思うだけで、期待で心が弾む。

(やっと、その日が来たんだ)

病院を退院した翌日、律と春、由美が三人で暮らすアパートを、浪川が改めて訪ねてき

てくれた。

突然の「春の父親」の出現に、由美はそれは驚いていたが、浪川がこれまでずっと自分を支え見守ってきてくれた経緯を律が話すと、涙を流して礼を言った。

遅くなったが結婚するつもりだと告げると、春のためにもそれがいいと言ってくれたので、律はそのまま浪川と役所に婚姻届を出しに行き、正式に結婚したのだ。

本当は結婚式もしたかったのだが、坂口に襲撃された件もあったので、それはもう少し落ち着いてからにしよう、ということになった。

だが、二人はアルファとオメガなので、法的な結婚の手続きとは別に、発情を待って番になるという大事な儀式がある。

あんなにも発情が不安定で頻発していた律なのに、春を生んでからまだ一度も発情していなかったので、少し時間がかかると思っていたのだが。

「意外と早く来ましたね、発情期」

一緒に湯に浸かりながら言うと、浪川がふふ、と笑った。

「そうだな。まあおまえと抱き合い始めた最初の頃は、もっとしょっちゅう来ていたが」

「でも、少しずつ間が空いていきましたよね」

「ああ。おまえの体が徐々に変わっていくのがわかったよ。アルファの俺の肉体に慣れて、なじんでいくのがな」

浪川がそう言って、艶麗な笑みを見せる。

「あの頃は黙っていたが、まるで丹精した果実を眺めるような気分だったよ。許されるならおまえのすべてを味わいたい、俺の番にしたいって、そればかり思っていた。だから代わりに、キスの痕を残した」

「なんとなく、そうなのかなって思ってました。ずっと、我慢してくれてたんですね？」

「そうさ。俺はもう十分すぎるほど待った。今はもう結婚もしてる。早くおまえと番になりたいよ」

「俺もです。辰之さんだけの、オメガになりたいです」

婚姻届を提出して、今日でちょうど一週間だ。

浪川も退院したばかりでやることがあったし、毎日会えていたわけではなかった。まだこれから住むところも、今後の生活も、ちゃんと決まってはいない。

でも、まずは固く絆を結びたい。決して離れることのない、番の絆を――――。

「……あ……」

願いに応えるみたいに、律の腹の底がぴくんと疼いて、呼吸がかすかに速くなった。冴えた月の色が、ほんのりと桃色がかって見え始める。

「……お？　始まるか？」

「ええ、そうみたいです」

律はうなずいて、潤んだ目で浪川を見つめて言った。

「あなたが欲しいです。俺を、永遠にあなたのものにしてください……！」

湯上がりの温かい体のまま、二人で清潔なシーツの上に身を投げ出した。

絡み合うように互いの体に腕と肢とを巻きつけ、何度もキスを交わす。もうそれだけで体の芯が潤んで、自身の先に透明な蜜が上がってくる。

「あ、ん、辰之、さん」

「律、律っ……」

大きな手で律の肌をまさぐり、首筋やうなじ、耳朶に口唇を落としながら、浪川がうわごとのように名を呼びかける。

律の発情フェロモンに煽られ、かすかに乱れ始めた息と、カッと熱くなっていく体。

そしてすでに硬く大きく形を変えた、アルファ生殖器。

発情を鎮めるために抱いてくれていた頃は、浪川はいつでも一歩引いて、常に冷静に律と向き合っていたように思うけれど、今の彼は違う。

貪欲なキスとハアハアと乱れた吐息や、のしかかってくる体の重さからは、律が欲しい、深くまで交わって一つになりたいと、強い欲望に突き動かされているのを感じる。熱杭はきつく張り詰めて、今にも暴発してしまいそうだ。

浪川が最初からこんなにも滾っているのは初めてだ。

雄々しく凶暴な肉体に、オメガを己が番にしようとするアルファの本能が見えて、ほんの少し畏怖を覚えるけれど……。

「ああ、おまえがいるっ。律が、俺の腕の中にっ」

浪川がため息交じりに言う。

「俺はずっと、おまえとこうしたかった。おまえをもう一度この腕に抱いて、ただ想いのまま、愛のままに、おまえと結び合いたかった」

「愛の、ままに？」

熱を帯びた言葉に、ドキドキと心拍が弾む。

それは律も同じだ。別れてからも想っていたし、何も思い煩うことなく浪川を求め、心の内を告げて求め合えるならどんなにいいだろうと、本当はずっとそう思っていた。

その願いが叶うときが来るなんて、嬉しくて泣いてしまいそうだ。

律は浪川の首にしがみついて、甘い声で言った。

「俺も、したかったです、浪川さんとこんなふうに。なんだか、夢みたいだ」

「そうだな。だが夢じゃないぞ？　これからはずっと愛し合える。いつでも、いくらでもだ。甘く温かく、激しくな」

「あ、あンっ……」

また口唇を重ねられ、口腔を舌でねろりとまさぐられて、息が乱れる。

たまらなく心地よい、浪川の熱、匂い、舌の味。

発情していてもそうでなくても、それは律を昂らせ、蕩けさせてくる。

浪川への欲情と恋情とは、律の中でぴったりと重なっていて、キスはその増幅装置みたいなものだ。肉厚な舌を味わうように吸いつくと、浪川も律の舌を吸い、優しく絡めてきた。甘い口づけに誘われたみたいに、体中の毛穴から発情フェロモンが立ち上ってくる。

「ああ、おまえの匂いだ。これが欲しかった」

「辰之、さん……」

「これからはずっと、俺だけの、番の匂いになるんだな。本当に嬉しいよ、律」

「……んっ……」

左の鎖骨の下あたりに吸いつかれ、懐かしい疼痛を感じたと思ったら、小さなバラの花みたいな痕がついていた。

結婚してからゆっくり会う時間もなかったが、抱き合うときにはまた体中にキスマークをつけてほしいと思っていた。もっと欲しくて、浪川を見つめながら指先で撫でると、彼が応えるように、胸や腹にぽつぽつと痕をつけてくる。

「あ、ぁっ」

浪川が口づけた場所に赤い花が咲き、そこからジンジンと熱が広がっていく感覚に、背筋がゾクゾクする。

番になるために首を噛むという行為と、肌を吸って痕を残すという行為は、やはり少しだけ似ているように思う。浪川自身が代替行為としてそれをしていたと言うのだから、彼にとってもそうなのだろう。かすかな痛みがもたらす喜びとスリルとに興奮して、喘いでしまいそうだ。

肢を開かされ、ふくらはぎや内股にもたくさん痕をつけられると、律自身はとろとろと透明な蜜をこぼし、窄まりもヒクヒクと物欲しげに震え動いた。

両の乳首も硬く勃って、キスの花よりもさらに真っ赤な、熟れたバラの蕾みたいに己を誇示し出す。

すると浪川がそれに気づいて、そこにも口唇で吸いついてきた。

「あっ、ぁ、あ」

左右の突起を代わる代わる口唇で食まれ、舌で転がしてきつく吸われて、腰がビクビクと恥ずかしく跳ねる。

律のそこは、浪川に触れられるようになるまでは、ただひっそりとつつましく存在していた。でも浪川に感じる場所として見つけ出され、逢瀬のたびに丹念に愛されて、じきにどこまでも敏感な場所として目覚めた。

乳輪を舐め回され、真珠玉みたいな乳首を吸われたり、舌で押し潰されたりするだけでたまらなく感じて、腹の底がきゅうきゅうと収縮するのがわかる。

以前から、そこを愛撫されるのが律は密かに楽しみだったのだが。

「……は、ぁあ！　気持ち、いっ」

「胸が、感じるか？」

「ん、んっ」

「そうか。前から感じやすかったが、以前よりも敏感になったみたいだな？」

「ぁんっ、はあ、そんなっ、吸っちゃっ……！」

乳頭を下から舌でくるりと包まれ、口唇を窄めてちゅくちゅくと吸い立てられて、快感で背筋がびりびりとしびれる。

意外なことに、確かにそこは前よりもひどく感じるようになっているみたいだ。いったい、どうして……？

（もしかして、春におっぱいを、あげたからかな？）

春が生まれてから、律は半年くらい母乳をやっていた。

最初は乳首がとても痛くて大変だったが、しばらくするとよく乳が出るようになって、やがて痛みもなくなった。ほかにそこに触れるようなことは何もしていないから、もしかしたらそれで少し体が変化したのだろうか。

それでなくとも、妊娠出産で止まっていた発情期がこうして再び来たのだ。もしかしたら、律のオメガとしての本能が新しい子種を欲しがって、体もより敏感になっているのかもしれない。

「あ、あっ、なんだか、お腹が、変っ……」

「変？　どう、変なんだ？」

「胸、気持ちよくされるだけで、お腹の奥が、ひくひくってて……」

「ふふ、そうか。じゃあ、もっと変にしてやろうかな」

「あっ、ああっ、そ、なっ！　待ってて、はぁっ、ああっ」

浪川がきつく乳首に吸いつき、舌でなぶるみたいにきつく舐り立ててきたから、裏返った声が出た。胸を刺激されているだけなのに、腹の底がまたきゅうきゅうと収縮して、欲望が爆ぜそうな気配がしてくる。

もう片方の乳首を指で摘まれ、指の腹できつく扱かれたら、ひたひたと絶頂の波が押し寄せてくるのを感じた。

でも、胸だけでそんなふうになるはずが……。

「あっ……！　あぁっ、あ、アッ――！」

チカチカと視界が瞬いたと思ったら、体の芯でドッと悦びが破裂した。

ビクンビクンと腰が跳ねるたび、律の鈴口から白いものが溢れ出してくる。

乳首を刺激されただけで、律は絶頂に達してしまったみたいだ。まさかこんなふうになるなんて思わなかったから、何やら現実感がない。

ちゅぷ、と音を立てて律の乳首から口唇を離して、浪川が言う。

「ほう、達ったか。初めてじゃないか、胸だけで達くのは？」

「そ、な、こと、がっ……？」

「いいところは全部つながっているからな。乳首で達くことだってあるさ」

浪川が愛おしそうに言って、律の下腹部に目を落とす。

「初めてといえば、俺はおまえの蜜を味わったことがなかった。どれ、試してみるか」

「ぅ、んっ、あ……」

浪川が律の下腹部に口づけ、律が放ったものを舌で猫みたいに舐め取り始める。

そんなふうにされたことがなかったので少し恥ずかしいが、温かくざらりとした彼の舌の感触は心地よく、達したばかりで敏感な体には刺激的だ。

腹に跳ねたものだけでなく、欲望の付け根や幹を濡らす透明液や、切っ先に溜まった残滓まで丁寧に舐って、浪川が深いため息をつく。

「すごいな、酔いそうだ」

「酔、う？」

「オメガの精液は、発情フェロモンの原液みたいなものだからな。舐めただけでクラクラしてくるよ」

浪川が言って、劣情に濡れた目で見つめてくる。

「おまえと抱き合っていた間あえて味わわなかったのは、うっかり自分を抑えられなくなると困るからだ。でももう、それを気にする必要もないんだな？」

「辰之、さんっ」

「もっと味わわせてくれ、律。おまえの全部を、俺は味わいたい」

「あっ、あ、ふう、ぅうっ」

浪川がこちらを見つめたまま、律の欲望を口に含み、口唇をするすると付け根まで下ろす。そうして幹に舌を添わせて、ゆっくりと口唇を上下に動かし始めたから、甘い快感に意識をかき混ぜられた。

口で愛することを、確かフェラチオというのだったか。熱く潤んだ口腔に己を含まれ、喉奥までくわえ込まれて愛撫されるのは、手でされるよりもさらに愛されている感覚があって、恍惚となってしまう。

胸を刺激されて達したばかりなのに、欲望はまた硬くなり、ジュッと血が流れ込んでくるのを感じる。

「う、ふ、ぃい、きも、ちぃいっ」

律の反応に、浪川が笑みを見せて、口唇を上下させるスピードを上げてくる。

そうしながら頭の角度を変え、舌で幹をねろねろと舐め回し、舌先で先端のスリットをなぞってきた。絶妙な舌使いに、知らず腰が揺れてしまう。

「あ、ぁあ、いいっ、いいっ」

浪川の動きに合わせて腰を揺すって、淫猥な快感に酔う。

発情のままに悦びを享受し、陶酔することも、浪川の前では少しも恥ずかしくない。何もかも曝け出して啼き乱れても、彼はすべて受け止めてくれるとわかっている。

それがただ嬉しくて、体中がわなないて――――。

「あ、ぅうっ、も、出ちゃっ……！」

感じるままに頂に達して、浪川の口腔に己を解き放つ。

二度目の放出なのに、白蜜はたっぷりと出てくる。浪川はそれをためらいもなく飲み下して、飛沫すらもこぼさない。

幹や先端部を丁寧に舌で拭うようにしながら口唇を離して、浪川が嬉しそうに言う。

「……ああ、本当に酔ってきた。おまえの蜜は、媚薬みたいだよ」

「た、つゆき、さん」

「ここも、味わってしまおうかな」

そう言って浪川が、律の膝裏に手を添え、ぐっと押し上げて腰を浮かせる。露わになった後孔に、浪川がためらいもなく口づけてくる。

「ひゃっ！　あんっ、ああっ……！」

そこを口で愛されるのは初めてだ。

指でなぞられるだけでも感じてしまう場所だが、熱く潤んだ舌でねろねろと舐め回されると、背筋をえも言われぬ甘い喜悦が駆け上がる。

二度も達したあとで、そこは触れられもせぬままに潤み、情交への期待でぷっくりと熟れているようで、浪川が舌先でそっと穿っただけで、窄まりは柔らかくほどけてくる。

ぬるり、ぬるりと内腔に舌を沈められ、内襞を捲り上げるみたいに舐り回されたら、腰がうねうねとうねるほどに感じてしまう。

「は、ぁ、辰之さんの、舌、気持ち、いいっ」

「ここにキスされるの、好きか？」

「う、んっ」

「こうされるのも？」

「ああっ、あぅ、はああ……！」

中に指を二本沈められ、前壁の中ほどあたりを指の腹でくにゅくにゅとまさぐられて、シーツの上で上体が跳ねる。

律の中にある快楽のスイッチも、以前にも増して敏感みたいだ。愛蜜で濡れた指を抽挿しながら指先で転がされると、それだけでまた達してしまいそうなほどの強い刺激が下腹部に走る。

内壁はきゅうきゅうと恥ずかしく指に絡みつき、先ほど残滓を残さないほど綺麗にしてもらった律自身の先からは、またぬらぬらと嬉し涙が流れ出す。

それをちゅるりと口唇で吸い取って、浪川が言う。

「どこもかしこも感じやすいな、律は。発情フェロモンもますます濃くなってきた。まったく、本当にたまらないな、おまえの体は」

浪川の楽しげな口調に、律も嬉しくなる。やはり自分には浪川しかいないのだと、確かにそう感じるからだ。悦びで潤んだ目で浪川を見つめて、律は言った。

「……辰之、さん、だからっ」

「俺か？」

「ん、んっ。辰之さん、に、触られてるから、俺はこんなに、なっちゃう……、辰之さん、だからっ……」

あのおぞましいオークションの場で律に触れた男たちの、冷たく感情のない指の感触を思い出す。

たとえ発情していても、なんの思いもない相手に触られて、律はきっとここまで反応しはしないだろう。愛する浪川だからこそ、律はこんなにも悦びに耽溺できる。発情フェロモンもどこまでも濃厚になって、体の感度も上がっていく。

もうどうにも止められないほどに、悦びが体中に溢れて――――。

「あ、あっ！　またっ、達、く、指、でも、達っちゃっ……！」

こらえる暇もなく尻がぶるりと震え、律が三度目の絶頂を極める。

視界がチカチカ明滅するほどの快感。

三度も立て続けに達したからか、白いものもいくらか薄くなっているのに、頂のピークは長い。後ろが恥ずかしく収縮して浪川の指を食いちぎりそうなほどに締めつけるのを、自分では抑えることもできない。

声も出せずにビクビクと身を震わせている律を、浪川がうっとりと見つめて言う。

「……可愛いよ、律。悦びに素直に身を任せるおまえは、最高に可愛い」

「……っ、……」

「こんなにも魅力的なおまえを、永遠に俺だけのものにできるなんてな。これほど幸せなことがあって本当にいいのかと、なんだか少し、恐ろしくなるよ」

浪川が言って、後ろから指を引き抜く。

そうして律の両肢を支え、開いたはざまに腰を寄せて、熟れきった後孔に欲望の先端を押し当てる。

「……だが、俺も同じだ。俺をこんなにも昂らせるのはおまえだけだよ。ほかの誰かなんて絶対に考えられない……、俺には、おまえだけだっ」

「あっ！　あ、あ……！」

熱した楔のような肉杭をぐぷりと後ろにはめ込まれて、ゾクゾクと背筋が震える。

硬く大きく、どこまでも熱い、浪川のアルファ生殖器。

それはもうマックスの大きさで、律の体を容赦なく侵食してくる。腰を小刻みに使ってじわじわと挿入されているのに、体中がミシミシときしむほどの衝撃だ。

でも律に恐れなどはない。浪川のそれは律が何よりも欲しかったもので、この熱杭を体に受け入れる喜びは、律だけのものだからだ。

内筒をいっぱいまで開かれ、奥の奥まで彼で埋め尽くされると、あまりの充足感に涙が出てきた。浪川が亀頭球のあたりまで己を沈め、ふう、と一つ息を吐いて、気遣うように訊いてくる。

「苦しくないか?」

「はい。嬉しくて、涙が出ちゃっただけです」

「ふふ、可愛いことを言ってくれる」

浪川が笑って、上体を傾けて律の肢を抱え直す。

「すまない、もう動いても、いいか?」

「動いて、ください。辰之さんを、感じさせてっ」

律は腕を伸ばして浪川の首に回し、ねだるように言った。浪川がそろりと動き出す。

「ぁっ、あっ、はあ、ぁっ」

深いところでゆっくりと、律の中を行き来する浪川の欲望。

ずっと欲しかったそれに内壁を擦り立てられて、甘く潤んだ声が洩れる。

重量感と熱さだけで律の中はかあっと熱くなって、鮮烈な快感に全身がびりびりとしびれ上がった。

だが意識が遠のきそうなほどの悦びは、肉の快楽だけでないみたいだ。彼が体内で動くだけで心までも揺さぶられ、歓喜で満たされていくのがわかる。

自分が求めていたものはこれなのだとまざまざと感じて、また涙が溢れてくる。

「すご、いっ、辰之さんと、一つになってるみたいっ」

「ああ、そうだな。おまえがぴったりと俺に吸いついて、溶け合ってしまいそうだ」

浪川が劣情をこらえるようにため息交じりに言って、笑みを見せる。

「気を抜くと、すぐにでも暴発しそうだ。それどころか何回だって搾り出されそうなのに、番になったら、いったいどんなふうになるのかな？」

「それは、ご存じじゃ、ない？」

「そりゃそうさ！　オメガを番にするなんて、アルファにとっても一生に一度のことだ。どういう感覚なのかは、想像するしかない」

浪川が言って、目を細める。

「だが、最高の気分だってのは確かだろう。世界でたった一人の愛おしい相手と、お互い唯一無二の存在になれるんだ。セックスだって、最高にいいに決まってるさっ」

「あっ、ああ、ううっ、辰之、さっ、深、いぃっ」

浪川が律動の勢いを増し、ズンズンと内奥を繰り返し突き上げてくる。

そのたびに背筋を快感が駆け上って、クラクラとめまいがする。

愉楽にひたってだらしなくほどけた口唇の端から唾液がこぼれると、浪川がそれを舌で拭って、抽挿のピッチを上げてきた。

「あっ、あうっ、ああっ、ふああっ」

ためらいなく最奥を突かれ、引き抜きながら手前の感じる場所をゴリゴリと抉られて、持ち上げられた肢がガクガクと跳ねる。

肉棒でかき混ぜられた内腔はもう熱した蜜壺みたいになっていて、浪川が行き来するたびくちゅくちゅと濡れた音が立って、互いの欲情を煽り立てる。

浪川が息を乱して律に腰を打ちつけ、ピシャッ、ピシャッと肉を打つ音が上がり始めると、もう終わりは近そうだった。腹の奥に白濁をまき散らされる感覚を思い出しただけで、律の腹の底に、また頂の兆しがひたひたと迫ってくる。

「はぁっ、ああ、辰之、さっ、も、欲しいっ、白いのいっぱい、欲しいですっ」

「律っ」

「俺の中、あなたでいっぱいにして、そうして首を、噛んでっ……、あなたの番に、してくださいっ」

「く、うっ、律、律っ」

律の哀願に気が昂ったのか、浪川が苦しげに眉根を寄せて、激しく律を攻め立ててくる。両肢を浪川の腰に絡ませ、全身で抱きついて腰を揺すって応えると、互いの感じる場所が重なって、二人の息が一瞬で跳ねた。

一気に絶頂の波が押し寄せてきたから、律は回らぬ舌を動かして叫んだ。

「ひぅうっ、も、駄目っ、辰之さんので、また達っちゃう、達っちゃうからぁっ！」

「ああ、一緒に、来いっ、俺と、一緒にっ！」

「はぁあっ、あっ！　あああああっ」

「律っ……、く、ううっ……！」

後ろで肉杭をきゅうきゅうと締め上げながら、律が頂上を極めたのと同時に、腹の奥でドッと熱が爆ぜて、浪川の切っ先からざあざあと白濁が放出されるのを感じた。

「あ、あ……、すご、いっ、いっぱい、出て、るっ」

お腹が膨らみそうなほどたっぷりと吐き出される、重くて熱い、浪川のほとばしり。

再び注いでもらえたことが嬉しくて、知らず笑みがこぼれる。

陶然となりながら首をわずかに傾けると、浪川がうなずいて言った。

「愛している、律。俺だけのものに、なってくれ」

「は、い……、ぁ、あッ――――」

首筋にきつく噛みつかれ、体が硬直する。

柔らかい皮膚を突き破って肉に食い込む、硬い歯の感触。思わずぶるぶると震えてしまったけれど、痛かったのはほんの一瞬だった。

律の体から激しく発散されていた発情フェロモンがすうっとおさまっていくのと入れ違うように、体内に浪川の精気が流れ込んでくるみたいな感覚があって、なんだか意識がふわふわと浮遊する。

ほとんど夢心地で、絶頂と愛咬の余韻の淵をたゆたっていると、やがて浪川が律の首から口唇を離し、顔を上げてこちらを見下ろした。

互いの目を見つめた瞬間、同時に悟る。

二人が、もはや誰も引き裂くことのできない、生涯の絆を結び合った番であることを――――。

「……ああ、すごいな。これが、番か」

「辰之、さんっ」

「ココにおまえを感じるよ、律。こんなにも幸せな気分は、初めてだ」

浪川が自らの心臓を手で示して言う。律の胸にも、確かに浪川を感じる。

「運命」のアルファと出会い、愛し合って番になることができた。その上二人には、愛する子供までがいる。

こんなにも幸せな気持ちは、律も初めてだ。

「愛しています、辰之さん。今までも、これからも」

「俺もだ、律。おまえは俺の、運命の番だ。おまえと春、それにこれから生まれてくるかもしれない子供の傍に、どうかこれからもずっといさせてくれ」

浪川がそう言って、体を抱き締めてくる。

「運命の番」という言葉の響きに、胸が甘くしびれた。これから生まれてくるかもしれない子供にも思いのほか期待を覚えて、温かい幸福感に包まれる。

「嬉しいです。辰之さんの子供、もっと産みたい……、春を、早くお兄ちゃんにしてあげたいです」

「ああ、そうだな。みんなで、一緒に、幸せになろう」

浪川が優しい声で言う。

哀しいこと、つらいこともたくさんあったけれど、オメガに生まれてよかった。
律は心からそう感じながら、愛しい番の体を抱き返していた。

END

あとがき

皆様こんにちは、真宮藍璃です。このたびは『発情Ωは運命の悪戯に気づけるか』をお買い求めいただき、ありがとうございます。

私の作品には珍しく、ちょっと意味深なタイトルです。

担当様とお話しする中で、どこに焦点を当ててタイトルにするといいのか、やや難しいお話だなと思っていたところ、この投げかけ型（というのかな？）を提案していただいて、熟語を少しいじってこのタイトルになりました。

自分の中からはまず出てこないスタイルのタイトルだったので、我ながらすごく新鮮で、でもテーマとなっている要素はちゃんと全部詰まっている、とても上手くはまったタイトルだと思っています。

果たして気づけたのか、はたまた気づけなかったのか。ここまでお読みいただいた方はご存じだとは思いますが、なるほどと納得していただけているといいなと思います。

個人的に、このところオメガバースものの刊行が続いているのですが、必ずしもオーダーがあってというわけではなく、これがオメガバースものになるとどうなるんだろう、と素朴に感じたアイデアを、順に形にしてきたような感じです。

今作は、プリズム文庫様からは二冊目のオメガバースものですが、コメディ調お仕事ものの前回のお話と比べると、やや落ち着いた雰囲気になったでしょうか。

苦学生の受けが青年実業家の攻めと出会い、いろいろと援助してもらううちに恋をして……、というのは、私の中ではど王道、BLとしてはもはや古典的な展開だと思っていて、わりと好きなのですが、これがオメガバースものになるとこうなるのか！　と自分なりにいろいろ発見がありました。

とはいえもちろんBL、それも、とてもオーソドックスなお話だと思います。受の揺れる気持ちや攻の秘めた想い、相手を大事に思うがゆえの選択など、二人のちょっと不器用な恋を、少しでも楽しんでいただけましたら嬉しいです。

さて、この場を借りましてお礼を。

挿絵を描いてくださいました、湖水きよ先生。しっとりとしたオメガの律と、雄みのあるアルファの浪川がとても素敵で、まさにイメージどおりの二人です。本当にありがとうございました！

担当のS様。

時間経過の齟齬や違和感を適切に正していただいて助かりました。毎度ありがとうございます。次回も頑張ります。

二〇二一（令和三）年　一月　　真宮藍璃

プリズム文庫をお買い上げいただきまして
ありがとうございました。
この本を読んでのご意見・ご感想を
お待ちしております!

【ファンレターのあて先】
〒153-0051 東京都目黒区上目黒1-18-6 NMビル
(株)オークラ出版 プリズム文庫編集部
『真宮藍璃先生』『湖水きよ先生』係

プリズム文庫

発情Ωは運命の悪戯に気づけるか

2021年03月01日 初版発行

著　者　真宮藍璃

発行人　長嶋うつぎ
発　行　株式会社オークラ出版
〒153-0051 東京都目黒区上目黒1-18-6 NMビル
営　業　TEL:03-3792-2411 FAX:03-3793-7048
編　集　TEL:03-3793-6756 FAX:03-5722-7626
郵便振替　00170-7-581612(加入者名:オークランド)
印　刷　中央精版印刷株式会社

ISBN978-4-7755-2952-2